JN144859

ただ、見つめていた

ジェイムズ・ハウ作
野沢佳織訳

ベッツィーに

その女の子には記憶(きおく)がありませんでした。

何ひとつおぼえていないのです。

どうやってここへたどり着いたのか、まったくおぼえていません。おぼえているのは、夢だけ……。

とてもはっきりしていて、ほんとうにあったことのように思える夢。

以前は家族がいたのに、いなくなってしまった、という夢。


その女の子は、どうやってここへたどり着いたのか、まったくおぼえていません。おぼえているのは、夢だけ。とてもはっきりしていて、ほんとうにあったことのように思える夢。以前は家族がいたのに、いなくなってしまった、という夢――もしかしたら、船が難破して海にほうりだされ……岸に……岸に流れ着いたけれど、家族とはぐれてしまったのかもしれません。

でも、それが夢だろうと、ほんとうにあったことだろうと、変わりはないような気もします。女の子は、思いだせるかぎりずっと、この島で暮らしてきました。

この島には、だれも住んでいません。

女の子が知るかぎり、だれもいないのです。女の子をとじこめているけだものと……けだものと……

――人形？

呪（のろ）いをかけられた人形のほかには。

知らない人でいっぱいの家

鉛（なまり）の苦い味が口にひろがって、マーガレットは、はっとわれに返った。どのくらいのあいだ、ここにぼんやりすわっていたんだろう。無意識になめていた鉛筆（えんぴつ）をおろして、ひざの上の小さなノートにはさむ。それから、少しべたつく髪（かみ）をひとふさ、口に入れて、お腹（なか）をすかせたハツカネズミみたいに、なめたりかんだりする。

今は夏休み。きのうこの島に来て、今朝、意外にも、ひとりで出かけてもいいと言われた。そしてすぐに、この安全そうな場所を見つけた。道から砂浜（すなはま）におりる階段の、いちばん上。ここに腰（こし）かけていれば、砂浜（すなはま）にいる人たちをずっと見ていられる。でも、まだ時間が早いし、週末でもないから、人はあまりいない。

そのほうがいい。こっちを見る人が少なければ少ないほど、自分は透明（とうめい）人間なんだと思っていられる。だけど、ほんとうはどう見られてるんだろう？　がりがりにやせた女の子。肩（かた）まである茶色の髪（かみ）はむすんでいなくて、顔にかかっている。だぶだぶのＴシャツに短パン、ピンクと水色のビーチサンダル。片方のサンダルはこわれていて、ガムテープでとめてある。まわりの人から見えるのはそれだけ。体と、服と、サンダルだけ。心までは見えていない。絶対に。

この夏、両親は、はじめて海辺に家を借りた。砂浜（すなはま）に近い家を一カ月も借りたと聞いたときには、それまで感じたことのない気持ちで胸がいっぱいになった。どんな気持ちだったか、うまく説明できないけれど、胸がいっぱいになるのは、いいものだった。たとえ、それが説明できない感情だとしても。もしかしたら、一度も経験はないけれど、誕生パーティーをしてもらったら、そんな気持ちになるのかもしれない……。パーティーのお客は知らない人ばかり。家の中は知らない人でいっぱい。でも、とにかくいっぱい。そんな感じだった。

砂浜（すなはま）にはおりていこうとは思わない。砂に敷（し）くタオルを持ってきていないし、Ｔシャツと短パンだけで、下に水着を着ていないから。でも、かまわない。ここでじゅうぶん。ほかの人たちや、砂浜（すなはま）や、どこまでもひろがる海から少しだけ高いところ、ちょっとだけはなれたところにいられれば、それでいい。

ここに腰かけていると、いろんなものが見える。小さい子たちが、ぽっちゃりした足で波打ちぎわまで走っていって、バケツに海水を入れ、お母さんのもとにかけもどる。波に追われ、あわててキャアキャア叫んだり笑ったりして、鬼ごっこをしているみたい。

日焼け止めのローションのにおいまで、ただよってくるような気がする。お母さんたちはローションをチューブから手のひらにしぼりだして、小さな娘や息子のこんがり焼けたお腹や、まっ赤になった背中にやさしくぬってあげている。やがて、ビーチパラソルが次々と、あざやかな花のようにひらく。まるで、春が来るたび家の庭に咲く、ひとかたまりのクロッカスのよう。あのクロッカスはいつも、思いがけないときにふと咲くから、それを見ると、希望という言葉を思いだす。

でも、砂浜にいるなかでいちばん熱心に見てしまうのは、家族で来ている人たち。家族といっても、母親と子ども、子守りと子ども、といった家族の一部分じゃなくて、父親と母親と、子どもが少なくともふたり、できれば女の子と男の子が両方、そろっている家族。

今朝の砂浜には、ひと組だけ、そういう家族がいる。両親と男の子と女の子がそろっているだけでなく、ほぼ完璧に見える、すてきな家族。はじめは小さな女の子に目をひかれたけれど、やがて、年上の男の子のほうから目がはなせなくなった。マーガレットと同じ十三歳か、もう少し年上かもしれない。妹とは、ずいぶん年がはなれているように見える。背が高く、やせていて、前にどこかで読んだ、「ひょろっとしている」という表現がぴったり。でも、興味をひかれたのは、その男の子の体つきよりも、妹にしてあげていることだった。砂に溝を掘って、中に妹をすわらせ、その前にひざをついて、妹の注文をじっと聞いてから、溝を砂でうめ、砂の上に上手にうろこを描いて、妹を人魚にしてあげている。ここから見ると、うろこはすごくうまく描けている。ひょっとして、お父さんは画家？お父さんは、子どもふたりが遊んでいるところをスケッチしている。

　あの男の子、じきに友だちのところへかけていって妹をほったらかしにするんじゃないかな、と思っていたけれど、そんなことはなかった。ずっと楽しそうに妹と遊んでいて、ふと手をつなぐしぐさもとても自然で、幾度となくそうしてきたんだとわかった。

　そのあとも見ていると、やがて男の子はかがんで、妹の頭のてっぺんにキスをした。それを見たら、なんだかくらくらしてしまったから、しかたなく、うつむいて自分の両ひざを見つめ、ほかのことを考えて、めまいがおさまるのを待った。

　それから、砂浜にいるほかの人たちをながめた。もう、夕方に近く、荷物をまとめて帰っていく人たちもいた。ひと組だけ、新しくやってきた五、六人の男の子が、すぐ横をだだっとかけおりていったときには、思わず体をちぢめてしまった。かん高い大きな話し声が耳ざわりで、わざと荒っぽくふるまっているのもいやな感じだった。

そのとき、気づいた。あのすてきな家族のほかにもうひとり、朝からずっと気になっていた人がいることに。といっても、見えるのは、むこうを向いて腰かけているその人の背中と、首と、頭だけ。肌も髪も金色で、少し赤みをおびている。腰かけているあいだはそれしか見えなくて、しかも、その人はほぼ一日じゅう、高い台の上に腰かけていた。でも、ときどき立ちあがって、笛を吹いたり、両腕をふったり、のびをしたりした。そして何度か、急いで下におりて海にかけこんでは、おぼれそうになっている人を助けたり、自分が泳いだりもした。そういうときのその人を見るのが、いちばん楽しかった。

その人は、砂浜をはなれたり、またもどってきたりしたときにすぐ横を通っても、話しかけてきたり、うなずいてみせたりはしなかった。あたりまえかな。わたしのことは見えていないのだから。わたしは透明人間だから。

でも、こっちからはあの人が見える。そして、なぜかわからないけれど、あの人を美しいと思った。サーフボードを持ったさわがしい男の子たちと、どこがちがうんだろう？

あの子たちより少し年上というだけで、見た目はそんなに変わらない。でも、今までに見たどんな人よりも、美しいと思った。

もし、ここ以外のところにいたら、自分がそんなふうにときめいたことにとまどって、不安になったかもしれない。けれど、咲(さ)きそろった早春のクロッカスを思いださせる、このふしぎな場所では、反対に、わくわくした。ここでなら、知らない人でいっぱいの家にいたってくつろげる。そんな気がした。

まさか天使がいるなんて、女の子は、思ってもみませんでした。

この島に来てから、いつもとじこめられていたし、けだものからゆるされたものしか、見ていなかったのです。

ところが、ある日のこと、呪いをかけられた人形が、いつものように悲しい歌を歌っていたときに、人形のポケットから鍵がこぼれ落ちたので、女の子はそれを、さっとひろいました。

人形は、歌を歌っているときには、何も見えないし、聞こえません。だから、女の子はドアの鍵をあけて、こっそり外に出ることができました。けだものは木かげで眠りこんでいます。さっきまでけだものが食っていた生き物の骨が、そこらじゅうにちらばっています。女の子は身ぶるいしました。けだものは、獲物を生きたまま食べるのです。

女の子は息をひそめて、けだもののわきをそっと通りぬけ、門にたどり着くと、自由な世界にふみだしました。

遠くから、波が同じ間隔で打ち寄せる音が聞こえてきます。
はじめての小道を走り、野生のブルーベリーの茂みや、丈の高い、風にそよぐアシのそばをかけぬけました。

……野生のブルーベリーや、風にそよぐアシ……。

そして浜に出ると、砂の上を走り、とうとう波打ちぎわまでやってきました。

女の子は、うれしくなると同時に、悲しくもなりました。

はてしない海を見ていると、自由になれそうで、うれしい。

でも、この小さな島は海にかこまれているから、逃げだせそうになくて、悲しい。

女の子は泣きだしました。

そのときです。翼のはばたきが聞こえました。

そして、そこに……

そこに、波打ちぎわの木の塔のてっぺんに、天使が立っているのが見えたのです。雲のように白い翼をたたみ、金色の体にぴたりとつけています。

天使は海を見つめ、堂々と胸をはっていました。女の子には気づいていないようです。

あの天使はどこから来たのでしょう？　なぜ、ここにいるのでしょう？

もしかしたら、女の子は自分でも気づかないうちに祈(いの)っていて、あの天使は祈(いの)りにこたえてあらわれたのかもしれません。

うかんでいる自分が見えた

ライフガードのクリス・パウエルは、ぼんやりしていた。相棒のジェニーから、「ガム、いる?」と二度きかれて、二度ともいらないと答えたが、じつは何をきかれたのかもわかっていなかった。クリスにはめずらしいことだ。あまり考えこむタイプではないのに、最近はいろいろ考えてしまって、どうも落ち着かない。

「気分でも悪いの?」ジェニーがきいた。

「いや、べつに。だいじょうぶ」クリスは相棒のほうを見もせずに答えた。

ジェニーと話したくないというより、だれとも話したくなかった。頭に何かうかびそうで、それが何かわかるまでは邪魔(じゃま)されたくない、という感じ……。

あいにく、クリスは考えこんだりすることにあまり慣れていなかった。いろんな思いが、難破船の漂流物(ひょうりゅうぶつ)みたいに頭にゆらゆらとうかんでは消えていってしまうので、いったいい自分が何に悩んでいるのか、それさえわからない。

「クリス、しっかりして！」ジェニーが声をはりあげた。「聞こえてる？　わたし、行かなきゃ。あそこにおぼれかけてる子がいるから。クリスもちゃんと仕事して！」

クリスが見ていると、ジェニーは監視塔をおりて砂浜を走っていき、波にのまれてあっぷあっぷしている二歳くらいの子を助けた。引き波にさらわれたらしい。親はいったいどこにいるんだ？　きっと、母親はくだらないロマンス小説にでも夢中になってるんだろう。じきに顔をあげて、泣きさけぶわが子にかけより、抱きしめる場面が目に見えるようだ。そして母親は言う。まあ、かわいそうに。どうしたの？　ママが来たから、だいじょうぶよ。ほら、もう泣かない、泣かない……。

泣くな、なんてよく言うよ。あんたは運がよかったんだ……。

クリスははっとした。ちゃんと海を見てなきゃだめじゃないか。今日は、なんでこう仕事に集中できないんだ？　ちがう、今日だけじゃない。最近、気がつくとぼうっとしてることがよくある。そんなとき、空にうかんでる自分が見える。うそじゃない。海の上の空に、ぽっかりうかんでる。日焼け止めのローションみたいな、つまらないものを宣伝してる、ちっちゃな飛行船みたいに。いや、魚をねらってるペリカンみたいに、かな。ペリカンは風に乗ってすーっと飛んだり、高くはばたいていて、ねらいをさだめるとさっと舞いおり、油断している魚をくちばしでかっさらう。けど、おれは空にうかんで、ただよって、さがしつづけるだけだ。何をさがしているのかもわからないまま……。

しかも、そうやって空にうかんでいるあいだじゅう、クリスは監視塔の椅子に腰かけたままでいる。ひざに両ひじをついて、ホイッスルのひもをひっきりなしにいじりながら。左手の人さし指にひもを時計まわりに巻きつけ、次には反対まわりに巻きつけ、また時計まわりに巻きつけて……えんえんとくり返す。

ジェニーが救助を終えて、また監視塔にのぼってきた。肌から波のにおいがする。

「ナイス・セーブ」クリスはさりげなく言った。

「なんてことないわ」ジェニーが明るく答えた。

まあ、そうかもな、とクリスも思う。今ジェニーがした救助は、ライフガードなら毎日ふつうにやってることだ。背の立つ浅瀬で人を助けだすのなんて、正直、救助のうちに入らない。海のもっと深いところで救助をするときだって、生死にかかわることはめったにない。ただ、ライフガードの訓練で耳にたこができるほど聞かされたのは、どんなかんたんそうに見える救助であっても、生死にかかわる可能性はある、ということだった。

クリスはまだ、おぼれ死にそうな人を救助したことがない。生死にかかわるような場面には出くわしていないのだ。ときどき、ライフガードの仲間と飲んでるときなんかに、早く本物のヒーローになりたいよ、と言ったりもするが、ほんとうは、もしも救助をしくじってヒーローになるのとは逆の結果になったらどうしよう、と恐(おそ)れていた。でも、そんなことはだれにも言えない。

となりでジェニーが腕(うで)を動かしたので、何気なくそちらを見た。ジェニーは唇(くちびる)にグロスをぬっている。クリスは首をもう少し動かして、道路へつづく木の階段のほうを見た。あの女の子、まだいるかな……。

うまく説明できないが、クリスにはわかっていた。あの女の子は毎日、おれを見てる。ライフガード全員ってわけじゃなくて、おれだけを……。いつも、この監視塔(かんしとう)にすわって一時間くらいすると、あの子が階段のいちばん上に腰(こし)かけてるのに気づく。あの子がやってくるところは見たことがない。ふと階段のほうをふり返ると、かならずあの子がいる。いつも同じところに腰(こし)かけて、同じ手すりに寄りかかって、おれをじっと見てる。まるで顕微鏡(けんびきょう)をのぞくみたいに、じっと。おかげで、こっちはちっぽけなアメーバになったような気がしてくる。

たぶん、あの子は十二歳くらいだろう。はじめは、ライフガードの「追っかけ」をしてる女の子のひとりだろうと思った。この仕事をしてると、よくそういう子たちにちやほやされるし、正直、いやな気はしない。ただ、たいていの子はずっと年下だから、せいぜい気があるような視線を送るだけにして、手は出さない。けど、階段の上のあの子は、追っかけにしてはちょっと変だ。けっして監視塔のそばには来ないし、こっちが五メートルくらいのところを通りかかっても、近寄ってきたり、「こんにちは」と声をかけてきたり、笑いかけてもこない。それに、いつもひとりでいる。

そして、いつもおれを見てる――気がする。

そういえば、こんなふうに仕事中に考えこむようになったのは、あの子がいるのに気づいた二、三日あとからだった。どんな感じかというと、たとえば、だれかが、コンタクトレンズとかピアスとか、小さなものを地面に落としてしまったとする。それで、一時間ほどいっしょにさがしてあげてるうちに、どうしても見つけなきゃ、という気持ちになってくる。なくした本人がいなくなっていても、自分だって何をさがしてるのか忘れてしまっていても、さがしつづける。いつのまにか、さがすことしか考えられなくなり、今まで何かを本気でさがしたことなんてなかったと気づく……。

クリスは首をふった。こうすると、中でカタカタと音がするんじゃないかと、なかば本気で思う。いったいなんで、こんなことを考えるようになったんだろう。

と、そのとき、ジェニーの声がした。

「あれ見て」

指さしている左のほうを見ると、砂浜に小さな女の子がいた。年は七歳か、八歳かな？ 小さい子を見るとかならず、何歳だろうと考える。年齢をあてるのが得意なわけではないし、とくに興味があるわけでもない。でも、なぜか考えてしまう。その女の子は、砂に下半身をうずめて、人魚に変身させてもらっているところだった。人魚の体をつくってやっているのは、十四、五歳の男の子だ。

「あの男の子、うろこを描くのがとっても上手」ジェニーが言った。

クリスはもっとよく見ようとミラーグラスをあげたが、あまりにまぶしくて、すぐにまたおろした。砂にうろこをかいていた男の子が何か言って、人魚になった女の子が笑った。男の子が走って両親を呼びにいく。父親も母親も読んでいた本を置いて、人魚に変身した娘を見にきた。そして息子の肩を、うまくできたね、と言うようにたたく。父親は走ってパラソルの下にもどり、カメラを取ってきた。

「すてきな家族ね」ジェニーが言った。

クリスは肩をすくめた。「砂浜にいれば、どんな家族でもすてきに見えるさ」

「ふーん、さめてるんだ」とジェニー。「クリスの家族ってどんな感じ？　きょうだいはいるの？」

クリスはまた肩をすくめて、「いない」と答えた。

「コーリー！　泳ぎにいこう！」砂浜で、さっきの男の子が妹を呼ぶ声がした。

男の子は妹を人魚の「型」から引っぱりだすと、ボディボードをつかみ、海に向かってかけだした。

「待って、お兄ちゃん！　待ってよう！」妹が叫ぶ。

クリスはふと、ジェニーにきいてみた。「それにしても、あの女の子、何を考えてるんだろう」

「あの子？　人魚が好きなんでしょ」

「そうじゃなくて、階段のいちばん上に腰かけてる子だよ。ずっとこっちを見てる」

ジェニーは階段のほうをふり返った。

「ああ、あの子。気にすることないって。きっとすごく内気なのよ。それに、見つめられるのは慣れてるでしょ？　クリスみたいにマッチョな男の子って、『性的対象』として見られるの、まんざらでもないのかと思ってた」

「あの子はそんな目で見てるんじゃないよ。何かほしいものでもあるみたいに見てるんだ」

「なら、何がほしいの、ってきいてみたら？」

クリスは苦笑いして、「なるほどね」と言った。

それから、また海のほうを見て、去年の夏のことを思いだした。去年はこの島の反対側の入り江でライフガードのバイトをしていて、ほぼずっと、入り江のむこうに少しだけ見えるニューヨークの街をながめながら、早く一年たたないかな、と思っていた。高校を卒業すれば、こっちの大西洋側の砂浜でライフガードの仕事につけるし、そのあとの人生も楽しみだった。ところが今、その一年後になったというのに、人生は目の前の水平線みたいに、空っぽだ。

いや、まったくの空っぽというわけじゃない。いちおう計画はある。レイバー・デイ（アメリカ合衆国の祝日で、九月の第一月曜日）のあと、車でアメリカ横断旅行に出て、一気にカリフォルニア州のマリブ・ビーチまで行くつもりだ。なぜマリブなのか、はっきりした理由はないけど、あそ

こは波がすごくいいって聞いてる。それに、ここから五千キロもはなれてるのが、何より
いい。

運命の地（デスティニー）。それがこの計画の名前だ。「カリフォルニアがおれの運命の地（デスティニー）なんだ」と人によく話していた。ところが、あるとき、「行き先（デスティネーション）じゃないの？」と指摘（してき）した女の子がいて、むっとした。「行き先」では、なんだかつまらない感じがする。「行き先」なんて、ビールやアイスクリームを買いにいくときにだって使う言葉じゃないか。だけど、しばらくするとまた「運命の地（デスティニー）」って言葉で頭がいっぱいになって、スケールのでかい計画に思えてきた。

それ以後は、相手を慎重（しんちょう）に選んで計画を話すようになった。ジェニーには、会ってすぐ、話さないほうがいいと思った。ジェニーは裕福（ゆうふく）な家の子が行く大学の三年生で、よりによって心理学を専攻（せんこう）してるっていうから、頭の中をかきまわされたくなければ、計画のことなんか話さないほうがいい。だけど、困ったことに最近は、ジェニーとか他人にかきまわされるまでもなく、自分で自分の頭の中をかきまわしてるような気がする。

ひとつはっきりしてるのは、家をはなれてよかった、ということだ。母親が「大学に行かないなんて」とくどくど言って、父親が「ほっとけ。こいつは楽しい高校生活を送った

んだ。何度も言ってるだろう、高校を出てりゃじゅうぶんなんだ」と言い返すのを、もう聞かなくてすむ。

言いたくないが、父親はろくでなしだ。一度、いっしょにビールを二、三本飲んだあと、アルコールの勢いを借りてたずねたことがある。「母さんとおれのことはどう思ってるんだよ？　家族が母さんとおれだけじゃ、不満？」父親ははっきり答えず、口の中でもごもご言っただけだった。聞き取れなかったが、どうせたいしたことは言ってなかったと思う。少ししてから、肩に腕をまわしてきて、酒くさい息を吐き、ろれつのまわらない口調で「おまえや母さんを愛してないわけじゃないんだ」と言った。父親が腕を引っこめたあと、クリスはその場に立ったまま、目を強くとじて、その瞬間を記憶に焼きつけようとした。父親から、おまえを愛してる、というのにいちばん近い言葉を聞いたと思ったから。これ以上の言葉を聞けることなんて、まずないだろうと思ったから。

となりでジェニーが話している。「ひとりっ子ってどんな感じか、想像つかないなあ。でも、ひとりっ子ならよかったのに、って思ったことは何度かあるわ。姉さんがふたりと弟がひとり、いるからね。クリスは、きょうだいがいればいいのに、って思ったこと、ない？」

クリスは肩をすくめた。「べつに。思ってもしょうがないし」

ジェニーは何も言わなかった。クリスもだまりこみ、そのまま沈黙の中にしずんでいった。そして、じきにまた空にうかび、ただよい、頭の中でいつもの物語をくり返していた……。


昔、あるところに大工がいました。大工には妻がいました。ふたりは高校を出てすぐ、十九歳で結婚し、一年もしないうちに赤ん坊が生まれました。青い目の男の子で、父親と同じくマイケルと名づけられました。マイケル・ジュニア、通称マイキーです。

大工は家の横のガレージを仕事場にしていたので、家にいることが多く、たいていの父親よりも長い時間、息子とすごすことができました。息子が四歳になると、大工は息子にかんたんな作業を教え、ならんで仕事をしながら、自分で考えたお話を聞かせました。そして、幼いマイキーが危険なものにさわりそうになると、かならずその手を押さえて止めました。

ある日大工は、あと二週間ほどで五歳になる息子を連れて、近くの町まで仕事に出かけました。

仕事先の家に着くと、大工は息子に言いました。「いいか、マイキー、パパは今日、屋根にのぼって仕事をする」

すると、マイキーは言いました。「ぼくも屋根にのぼる！　いいでしょ、パパ」

もちろん、大工は笑って首を横にふりました。傾斜（けいしゃ）の急な屋根の上を歩きまわるには、マイキーは小さすぎます。そんな危険な目にあわせるわけにはいきません。そこで言いました。「おまえは庭で遊んでおいで。かっこいいブランコがあるから、あれで遊ぶといい。パパは、屋根の上から見てる」

大工はその言葉どおり、屋根の上から息子を見守っていました。マイキーはちっちゃな足で力強くブランコをこぎながら、いつも父親にしてもらっているように、お話をつくっては自分に聞かせているようでした。

やがて、庭に犬が入ってくると、マイキーはブランコから飛びおりて犬をなでました。大工はそれを見てほほえみ、考えました。あいつ、犬が大好きなんだな。そうだ、誕生日には犬をプレゼントしてやろう。うん、それがいい。

大工は、いいことを思いついたと満足して、仕事にもどりました。そして自分に言い聞かせました。集中しろよ、屋根からころげ落ちて首の骨を折ったら大変だ……。

じきに、大工は仕事に没頭してしまい、犬が走りだし、マイキーが追いかけていったのに気づきませんでした。しばらくして、息子はどうしてるかな、と庭を見おろすと、だれも乗っていないブランコがゆれているばかりで……。

カモメの鋭い鳴き声に、クリスははっとわれに返った。

「願ってもしょうがない」とつぶやく。

「え？　何か言った？」とジェニー。

クリスはうつむいた。もう海を見ていたくない。空にうかんでいるのにも疲れた。何をさがしているのかわからないまま、さがしつづけるのにも疲れた。

「何？」ジェニーがまたきいた。

クリスは顔をあげて、ジェニーのほうを見た。

「釣りにはいい日だ、って言っただけ。今日は魚釣りには最高の日だろ。自分が魚じゃないかぎり」

ジェニーは、あははと笑った。つられて、クリスもちょっと笑った。ジェニーはいい人だ。ほんとうに。ジェニーみたいな人になら、なんでも話せるのかもしれない。

たぶん。
もしかしたら。

天使は美しくかがやいていました。天使には絶対にふれてはいけません。近づきすぎてもいけません。

けれど、女の子はどんなに願ったことでしょう……

どんなにあこがれたことでしょう。あの天使に抱きあげられて、いっしょに海の上を飛んでいけたら……。

どこへ？

自由になれるところへ、

安心して暮らせる、

ここではないどこかへ。

でも、絶対にかなわないと知っていてあこがれたところで、何になるのでしょう？

ところがある日、女の子は気づきました。この島にいるのは、あの天使だけではありませんでした。幸せそうな、愛情あふれる人々が大勢暮らす王国が、この島にはあったのです。

王と王妃(おうひ)は、毎日かならず海岸に姿を見せました。そして、そのかたわらには、王子と王女がいたのでした。

ほしいものが手に入るとはかぎらない

コーリーは、兄のエヴァンのベッドの横に立っていた。暗やみに、デジタル時計の黄緑色の数字が光り、2：37と時刻を告げている。コーリーは泣いていた。

「こわい夢、みちゃった」小さな声でエヴァンに話しかける。

そしてエヴァンの横にもぐりこむと、「のどがかわいた」とうったえた。コーリーの体からは涙と、ジョンソン・ベビーシャンプーのにおいがした。

「ちょっと待って」エヴァンが眠そうに言う。

コーリーは泣きながらもう一度、「こわい夢、みちゃった」と言った。

エヴァンは寝返りをうって、体を起こすと、妹を抱き寄せた。「そうか。でも、もうだいじょうぶだよ。ぼくがついてる」

「……夢の中で、みんなで泳いでたの。お兄ちゃんと、ママと、パパと、あたし。みんなで海で泳いでたら、いつのまにかママとパパがいなくなっちゃって、お兄ちゃんとあたしだけになったの。ママとパパがどこに行っちゃったのか、わかんなくて、それで――」コーリーは、かさかさの唇をなめた。「それでね、お兄ちゃんとあたしは、どんどん遠くへ泳いでったの。砂浜が見えなくなるくらい、遠くまで。ライフガードの人が『もどれ、もどれ』って呼んでる声がちょっと聞こえたけど、あたし、『もっと泳ごうよ。おうちに着くまで』って言ったの。おうちって、ほんとのよ。この島のおうちじゃなくて。そしたらお兄ちゃんも、『よし、わかった』って。なのに、ふり返ったら、お兄ちゃん、いなかったの。あたし、大きな声で呼んだけど、お兄ちゃんは返事してくれなくて……」

「ぼくはどこに行ったのかな？」エヴァンはたずねた。

「わかんない……消えちゃった。でも、少しして、お兄ちゃんがもどってきた、って思ったの。後ろでバシャバシャって音がしたから。だけど、ふり返ったら、お兄ちゃんじゃなかった。大きくて、こわい怪物だった。そいつがね、『いっしょに海の底へ来るんだ、嬢ちゃん』って……」

「嬢ちゃんだって？」エヴァンが笑うと、コーリーは言った。

「笑っちゃだめ。こわかったんだから」

「ごめん」

「あたし、やだ、って言った。でも怪物は、いや、どうしても連れていく、これが仕事なんだから、って。気がついたら、水の中に引っぱられてて、そいつの腕にはぬるぬるした海藻みたいなのがいっぱいついてて、あたし必死で、お兄ちゃん、ママ、パパって呼んだの。でも、だれも来なくて、あたし、どんどんしずんでって、怪物はゲラゲラ笑ってて……そこで目がさめたの」

エヴァンは妹の髪をなでてやりながら、「怪物なんて、ほんとうはいないんだよ」と言った。

「いるもん」

「そうか。けど、ぼくは絶対に、コーリーが怪物にさらわれるのをだまって見てなんかいないよ」

「怪物は、お兄ちゃんより大きくて強いんだもん。怪物から守ってくれるなんて、できっこない」

「できるさ」

「だけど、あたしがおぼれそうになっても、助けられないでしょ」

「助けられるさ。どんなときだって助ける。コーリーを苦しめたり、傷つけたりするようなやつは、絶対にゆるさない」

「ほんとに？」コーリーは、唇まで落ちてきた涙をなめた。

「ほんとさ」

コーリーはだまったあとで、「やっぱり、のどがかわいた」と言った。

エヴァンがベッドから出ようとしたとき、ふたりの足がふれあった。コーリーが言う。

「男の子も、女の子みたいに足の毛を剃ったらいいのに。男の子の足って、毛むくじゃらで気持ち悪い」

「悪かったね」エヴァンはそう言って、部屋を出ていった。

コーリーは時計の黄緑色の数字をながめて、思った。夜中にお水を持ってきてくれるのも、こわい夢をみたとき、話を聞いてくれるのも、いつもお兄ちゃんだ。いつもってわけじゃないよ、コーリーが四歳のときに入院して、退院してきてからだ、ってお兄ちゃんは言うけど……。

そのときのことでコーリーがよくおぼえているのは、エヴァンが本を読んでくれるのを聞きながら、ストロベリー味のゼリーを食べたことだ。あごのできものを手術で取ったあとだったので、食べたりしゃべったりすると、痛かった。笑っても痛かった。
なのに、コーリーが退院して家にもどってきたとたん、エヴァンは笑わせようとした。まるで、笑えば早くよくなると思ってるみたいに。コーリーが退院してきて、エヴァンに最初に言ったことは、「やめてよ、お兄ちゃん」だった。それからというもの、エヴァンはふざけて笑わせるのはやめて、かわりに本を読んでくれるようになった。毎日、学校から帰ってくると、コーリーが読んで、と言う本をどれでも読んでくれた。それに、折り紙の箱や鳥の折りかたも教えてくれた。

あるとき、土曜日に、人魚の出てくる映画を見たら、コーリーは人魚になりたくなった。それから毎年、夏に砂浜に行くと、エヴァンがコーリーを砂にうずめて人魚にしてくれるようになった。人魚のうろこは、はじめ、バケツの底を砂に押しつけて描いていたけれど、ある年、エヴァンが小さな貝殻をバケツに三杯分も集めてきて、それを全部使って、人魚のうろこを作ってくれたことがあった。そのあと、コーリーは一時間くらい、じっと動かずにいた。通りかかった人がみんな足を止めて、「まあ、きれい」「すごいね」「こんなにすてきな人魚は見たことがない」などと言ってくれた。しばらくすると、足が痛くなってきたけれど、文句は言わなかった。エヴァンがすごくがんばったのがわかっていたし、ここまで本物の人魚みたいな気持ちになれたのは生まれてはじめてで、もう二度と同じ気分は味わえないと思ったから……。

エヴァンがコップに水をくんでもどってくると、コーリーは、「ここで寝(ね)てもいい？」ときいた。黄緑色の数字が暗い部屋の中で光っているのを見ていると、なんだか安心する。

エヴァンは、「いいよ」と答えた。いつも、たいていのことは、いいよ、と言ってくれる。

コーリーは水を飲んだあと、エヴァンのベッドにもぐりこむと、言った。「お兄ちゃん、砂浜(すなはま)に、あたしたちをじっと見てる女の子がいるの、知ってる？」

エヴァンは疲(つか)れていたので、少しそっけなく答えた。「その話、今じゃないとだめ？眠(ねむ)いんだけど」

「あの子、だれだか教えてあげようか？」とコーリー。そして、いや、いいよ、もう寝(ね)たいから、とエヴァンに言われないうちに、声をひそめてつづけた。まるで、ドアの外でだれかが聞き耳を立てているとでもいうように。「あの子、きっとスパイだよ」

「子どものスパイなんていないよ」エヴァンはむにゃむにゃ言った。

「いるもん。『ハリエット』（アメリカの児童文学作家、ルイーズ・フィッツヒュー作『スパイになりたいハリエットのいじめ解決法』の主人公。一九六四年の作品）だって、スパイだよ」

「あれはお話だろ。さあ、もう寝なよ」

コーリーは、エヴァンには見えないのがわかっていたけれど、ふくれっ面をしてから、横向きになった。時計が見える。3：14。うとうとしながら、3たす1は4、と思った。まぶたがくっつきそう。「でも、やっぱりあの子、スパイだよ……」最後のほうは、聞き取れないくらい小さな声になっていた。

エヴァンは、聞き取れたけれど、返事をしなかった。コーリーの息がしだいにゆっくりになり、深くなって、じきに眠りこんだのがわかった。ところが、エヴァンのほうは目がさえてしまった。

夏の夜のあたたかさにすっぽりとつつまれ、やさしくゆすられて、ふたたび眠りに落ちていけたらどんなにいいだろう。頭の中に、ローリング・ストーンズ（英国のロックバンド。一九六〇年代前半から、世界的な人気を博している）の古い歌が流れる。パパがよく、エヴァンたちをからかうときに口ずさむ歌だ。エヴァンかコーリーが、朝、学校に行かなきゃいけないのに、あと十五分寝かせて、と言ったときや、アイスクリームのおかわりをちょうだい、と三度目におねだりしたときに、いつもこの歌を歌う。エヴァンは今、眠りたいだけなのに、その歌詞が頭をはなれず、からかわれているような気がした。

「ほしいものが手に入るとはかぎらない」

そうさ、ほしいものが手に入るとはかぎらない。

パパもママも、いつもロックを聴いている。でも、エヴァンが聴くのとはちがう種類のロックで、ママは「ヒップミュージック」と呼んでいた。両手がふさがってるときも、腰をふって踊れる音楽だから。ママは、キッチンで洗い物をするときにそういう曲をかけるのが好きだった。ママがヒップミュージックをかけて洗い物をしていると、パパが後ろからママに近づいて、ママの泡だらけの両手を取り、曲に合わせていっしょに踊りだすこともあった。パパとママのあいだに、悲しみが入りこむ前のことだけど……。そんなとき、ママがパパに、シャツがびしょびしょの泡だらけよ、と言うと、パパは、びしょびしょの泡だらけのシャツが好きなんだ、って言ったっけ……。


パパとママのあいだに悲しみが入りこんでから、もうずいぶんになる。あまり親しくない、たとえばはじめて夕食に招かれてきた人なんかは、ふたりのあいだに起こった変化に気づかないかもしれない。だけど、エヴァンやコーリーのように、毎日パパとママといっしょに暮らしてると、いろんな小さい変化に気づかずにはいられない。とじたままのドアのむこうから聞こえてくる、くぐもった声。ふたりの、赤く充血した目。パパもママも、ちょっと考えてからでないと笑わなくなったこと。今でもヒップミュージックをかけてはいるけど、音を小さくしてるし、パパはもう、びしょびしょの泡だらけのシャツが好きじゃないらしい……。

エヴァンがおぼえているかぎり、前にも一度だけ、パパとママのあいだに悲しみが入りこんだことがあった。コーリーが入院していたときだ。あのときも、ふたりの寝室のドアはとじたままで、くぐもった声が聞こえてきた。どちらかが「がん」という言葉を口にするときには、声がさらに低くなった（結局、コーリーはがんじゃないとわかったのだけれど）。そしてドアがあくと、パパもママも赤い目をしていて、笑うのも、ちょっと考えてからだった。

でも、今回と大きくちがうのは、あのときは、ふたりは味方どうしだったということだ。ふたりとも、自分たちが感じている恐怖をエヴァンに感じさせたくない、と思っていたのだろうが、エヴァンにしてみれば、そんなのよけいなお世話だった。エヴァンはもう小さな子どもではなく、十一歳になっていて、妹が死ぬんじゃないかと、こわくてたまらなかった。守ってくれるより、真実を教えてほしかった。それと、パパとママに、少しは自分のほうも見てほしかった。

エヴァンはベッドに起きあがった。もうじき四時だ。耳をすますと、コオロギかなにかよくわからない虫の声が聞こえた。いつのまにか、あの女の子のことを考えていた。コーリーに言わせると、スパイみたいにこっちをじっと見ている子。エヴァンはひそかに「見張り」と呼んでいる。あの子を見ると、なぜかいらいらする。たぶん、あの子が自信たっぷりのようすで、いつも非難がましい目つきでこっちを見ているせいだ。なんてだめな人なの、と言うように。なぜほかの男の子たちの仲間に入らないで、家族とべったりいっしょにいるんだろう、と思っているにちがいない。それに、あの子はきっと、ぼくたちを完璧な家族だと思ってる。ほんとうは、今にもパパとママの悲しみが爆弾みたいに破裂して、家族がばらばらになってしまうかもしれないのに。

コーリーは、家族四人で撮った写真を自分の部屋に飾っている。去年の夏、ここの砂浜で、通りかかった男の人にたのんで撮ってもらった写真だ。その人はとても陽気で、家族みんなを笑わせてくれたから、その写真には、肩や腰を抱きあっている四人の人間以上のものが写ってる。うまく言えないけど、「家族を家族にしている何か」が写ってる。それは血のつながりではないし、愛でもない。家族を信じる気持ちそのもの、とでも言えばいいんだろうか。ちょっと神さまを信じる気持ちと似てる。いつもそこにあって、これからも永遠につづいていくものだ。

居間の暖炉の上にあったその写真を、コーリーは二、三カ月前に、自分の部屋へ持っていって、ベッドの横の小さなテーブルに置いた。パパもママも、そのことについては何も言わなかった。コーリーが、その写真を通学用のリュックに入れて毎日学校に持っていくようになっても、だまっていた。そして、この海辺の家で一カ月すごすための荷造りを始めると、暗黙の了解のもと、その写真はコーリーのスーツケースに入れられた。コーリーがいつもそばに置いている人形や、ぬいぐるみの動物たちといっしょに。

あるとき、エヴァンがコーリーの部屋に入っていくと、コーリーはその家族四人の写真を右手に、パパが撮ったママと自分とエヴァンの写真を左手に持っていて、「前と、あと」と言った。

エヴァンは、「なんの？」とたずねた。

すると、コーリーはさめた目でこっちを見て、「離婚だよ」と言った。

パパとママが離婚するのかどうかは、エヴァンにはわからなかった。そもそも、どうしてふたりがあんなに悲しそうになったのかもわからない。わかっているのは、今ではコーリーが毎晩のようにこわい夢をみて、自分の部屋へやってくることと、そんな夜にはときどき、こっちが眠れなくなってしまうことだけだ。今は海辺の家にいるので、眠れなくなった夜には、目をさましたまま横になって、コオロギかなにかわからない虫の声を聞いている。ときどき、鳩がクゥクゥ鳴く声も聞こえる。そんなとき、エヴァンの頭の中にひびくのは、宇宙でいちばん悲しい音ばかりに思える。だからエヴァンは、夏の夜にすっぽりつつまれ、やさしくゆすられて、もう一度眠りたいと願うのだ。

だけど、ほしいものが手に入るとはかぎらない。

●

女の子は毎日、人形に、歌を歌って、とたのみました。

人形は気をよくして、いいわよ、と答えます。

人形が歌に夢中になると、女の子は人形のポケットから鍵をこっそり抜き取って、門をあけ、いびきをかいているけだもののそばをそっと通りぬけ、見つけたばかりの、島の反対側の王国へ向かいます。


ある日の午後、女の子は、王子が本を読んでいるのを見かけました。そばには母親の王妃がすわっています。まわりにはふつうの人も大勢いましたが、だれもふたりに話しかけはしません。

女の子は思いました。あの子は王子なのに、さびしそう。

そこで、ありったけの勇気をふりぼって王子に近づくと、話しかけました。

「こんにちは。わたし――

わたし……

わたし……

ミランダっていいます」

すると、王妃が女の子を見あげて、「ミランダ……」と低くつぶやきました。女の子は思いました。王妃さまは、なぜこんなに悲しそうなのかしら……。

そのとき、王子が言いました。「ぼくはエヴァリオ王子。きみを知ってるよ。ずっときみのこと、見ていたんだ」

女の子は驚いて、「ほんとうに？」とききき返しました。

王子はうなずきます。「きみが来てくれるといいな、と思ってた。ぼくのほうからは近づけないだろ。王子だから。しきたり、ってやつさ」

ミランダはうなずきましたが、王子の言っていることはよくわかりませんでした。

「だから、きみのほうから来てくれて、よかった。友だちになってくれる？」

ミランダは思わず、大きな声で答えました。

「ええ、喜んで！」

「よろしくね」と王子。

ミランダはけんめいに気持ちを顔に出さないようにしていましたが、心の中ではうれしくて叫(さけ)んでいました。

すごく臆病なやつ

エヴァンは、ホールデン・コールフィールドが嫌いだ。めちゃくちゃ嫌いだ。ホールデンは、『キャッチャー・イン・ザ・ライ』（アメリカの作家、J・D・サリンジャーの小説。十六歳の少年ホールデンが、学校を退学になり、大人への嫌悪感や社会への反感を抱いて街をさまよう三日間を描く。一九五一年刊行）という本の主人公にすぎないのに、読んでると、ほんとうにいるやつみたいに思えてくる。飛行機で偶然となりにすわった人から、すごくつまらない身の上話を、長々と聞かされてるみたいな感じ。なのに、パパは一年くらい前からしきりに、『キャッチャー・イン・ザ・ライ』をぜひ読みなさい、とすすめてくるようになった。なぜなのか、エヴァンにはさっぱりわからない。これは二十世紀に書かれた最も重要な作品のひとつだと、パパは言う。パパはときどき、そんなふうに押しつけがましくなる。

エヴァンは、とにかく読んでみることにした。『キャッチャー・イン・ザ・ライ』は九月から通う高校の、一年生のあいだに「必ず読む本」のリストにものっているから、読めば課題をひとつこなせると同時に、パパも満足させられる。一石二鳥だ。ところがエヴァンは、ちょっと気分がしずんでいたときに、ホールデンなんか大嫌いだと、パパの前で言ってしまった。すると、パパは大まじめな顔でエヴァンを見て、「この本はきっと、おまえの心の奥の何かにふれているんだよ」と言った。エヴァンは、「うん、そうだね」と答えるしかなかった。でも、夜中に眠れないでいるときには、たしかにパパの言うとおりなのかも、と考えることもある。

ある金曜日の午後、エヴァンが砂浜で『キャッチャー・イン・ザ・ライ』を読んでいると、「やあ、いっしょにどっか行かない？」と声をかけてきた子がいた。シェーンという子で、エヴァンがひそかに「ボーイズ・イン・ブラック」と呼んでいる、黒いウェットスーツを着た五、六人のグループのひとりだ。エヴァンはよくいろんな人にこっそりあだ名をつける。自分では、想像力が豊かなのだと思いたかったが、八年生（アメリカでは、小学校が五年制、中学校が三年制、高校が四年制の学校が多い。八年生は中学三年生にあたる）のときの親友からは、おまえってほんとにやなやつだよな、と言われた。それきり、その子は親友ではなくなった。エヴァンは自分のことを、絶対に、やなやつなんかじゃないと思っていたが、そのときの会話を頭の中で何度再生してみても、それなら自分はどんなやつなのか、言い返す言葉を思いつかない。

「ボーイズ・イン・ブラック」のことは、家族でこの島に来た最初の週から気になってい
た。この砂浜では、夕方の五時になるとライフガードたちが笛を鳴らし、腕をふって、今
日の監視はこれで終わります、とみんなに知らせる。すると、コーリーやほかの小さい子
たちは、だれもいなくなった監視台にいっせいにかけ寄って、上までのぼったり、監視台
の下の砂山にどさっとたおれたりをくり返す。そうして、親に「夕食の時間よ」と呼ばれ
るまで遊ぶのだ。

ある日の夕方、コーリーが叫んだ。

「お兄ちゃん、見てて！」

エヴァンはそっちをちらちら見ながら、クリスというライフガードが帰っていくのを目
で追った。クリスこそ、この砂浜でいちばんかっこいい人だ。自分もあんなふうになりた
いと、エヴァンはひそかに思っていた。クリスがかけているミラーグラスにあこがれて、
近いうちにフェアハーバーの店で同じようなのを買おうと心に決めてもいた。ただ、その
ミラーグラスをかけて砂浜に来る勇気が自分にあるのかは疑問だった。なぜそれが気にな
るのかも、よくわからなかったけれど。

自分がミラーグラスをかけて監視台のてっぺんに腰かけ、笛のひもを人さし指に巻きつ

けている、めちゃくちゃかっこいい姿を想像していたとき、サーフボードをかかえ、黒いウェットスーツを着た少年が五人、先を争ってすぐそばをかけていったと思うと、海に飛びこんだ。ウェットスーツは、ぬりたてのペンキみたいにつやつやで、体にぴったりしている。五人は海に入ると、サーフボードの上に腹ばいになり、両腕(りょううで)で水をがんがんかいて、さかまく波に乗ったり、つっこんでいったりした。そして、そのあいだじゅうずっと、カラスが鳴きかわすみたいに声をかけあっていた。五人は、ひとつのかたまりになって動いているようだった。体も、ウェットスーツも、ボードも、水も、暗号みたいな呼び声も。

自分もあの中に入れたらいいのに、とエヴァンは思った。うらやましいのはサーフボードではなく、五人がとても気楽そうに、たがいにうちとけているところだった。

そのあとも、いろんなところでいろんなときに、「ボーイズ・イン・ブラック」を見かけた。五人のうちのひとりが、町のなんでも売ってる店の前でアイスクリームを食べていたこともあった。あるいはふたりが、釣(つ)りざおを持って入り江(いえ)に向かっていくのを見かけたこともあった。でもたいていは、五人ならんで板張りの遊歩道を歩きながら、ひっきりなしにバスケットボールをパスしたりドリブルしたりして遊んでいた。五人とも最新流行のショートパンツをはいて、足首にはアンクレットをつけ、頭にはベースボールキャップを後ろ前にかぶっている。まるで、GAP（米国のカジュアル衣料品会社）の服を着たモデルか、ハックルベリー・フィン（アメリカの作家、マーク・トウェインが一八八四年に発表した小説、『ハックルベリー・フィンの冒険』の主人公）が五人いるみたいだった。

この島に来てすぐのころ、ママはしきりに、「エヴァン、お友だちをつくったら？　ほら、あの子たちなんか、いい感じじゃない？」と言っていた。でも、エヴァンは話をはぐらかし、次には言い訳をし、しまいには無視した。そのうちに、ママもあきらめた。

ところが、その金曜日の午後、「やあ」と声をかけられて顔をあげると、背の高い、引きしまった体つきの少年が目の前に立っていたのだ。くすんだ金色の長い髪が肩にたれている。仲間からシェーンと呼ばれていた子だと、すぐにわかった。

「今日もここにすわってるんだ」シェーンが言って、横目でエヴァンを見おろした。「なんで、いつも本を読んでるんだよ？」

「いつもじゃないよ」

「海に入ってるとこ、見たことないけど」

「入ってるさ。たまたまそっちが見てなかったんだろ」

エヴァンは、頬がかっかしていた。ママが二メートル後ろでビーチタオルに寝そべってるけど、イヤホンで好きな音楽か、最近お気に入りの瞑想用の曲でも聴いていて、こっちの会話が聞こえていませんように。

「なんて名前？」シェーンがきいてきた。

「エヴァン。そっちは？」

「シェーン」相手は退屈そうに答えた。「で、どう？　いっしょにどっか行かない？」

「いいけど」エヴァンは言った。ちょうど目の高さにシェーンのひざがある。日に焼けた両足は、赤っぽい傷痕やかさぶただらけだ。これだけ傷があるってことは、何度もサーフボードから落ちたりしたんだろうな……。そう思うと、自分のことがひどく恥ずかしくなった。もう十四歳なのに、「これをしてきた」と言える痕ひとつない。

「あの、ほかの子たちは……」エヴァンは目をあげて、質問をぼかした。

シェーンは肩をすくめた。「ジョシュとエリックは家に二、三日帰んなきゃなんなくて、ブレンダンはかわいそうに、新しい父親と『絆』を深めてる。『セーリングに行こうぜ、ブレンダン。今回は友だちは抜きだぞ』とか言われたらしい。どうせ、ただ点数かせぎしてるのさ。だろ？」

エヴァンは、そうだろうね、というようにうなずいた。

「そんなわけで、ジョエルとふたりで遊ぶつもりだったけど、あいつも妹のめんどうを見なきゃなんなくてさ。そういや、妹は？　エヴァンのこと、アルバイトのベビーシッターかと思ってたよ。いつもあの子といっしょにいて、遊んでやってるから」

エヴァンは、からかわれたような、ほめられたような複雑な気持ちで、つっかえつっかえ答えた。「ああ、あの、妹は友だちのとこにいるんだ、そう、友だちができて、その子の家に行ってる」

「ふうん」シェーンは少しいらいらしたようすで、むきだしの胸の筋肉を自慢げにさすり、「で、どうする？」ときいた。

「行くよ」エヴァンは立ちあがった。ママのほうを見ると、いいから行ってらっしゃい、というように笑っていた。今の話を全部聞いてたってことだ。

ふたりは砂浜を歩き、道にあがる階段をのぼっていった。いちばん上の段に、エヴァンがひそかに「見張り」と呼んでいるあの女の子が腰かけて何か書いていたが、ノートをさっととじると、立ちあがって走り去った。

「ぼっちか」シェーンがばかにしたようにつぶやいた。

「え？」

「いつもひとりぼっちでいるだろ、あいつ」シェーンはエヴァンのほうを向いて、変なやつだぜ、とでも言いたげに両眉(りょうまゆ)をあげてみせた。

「ああ……」とエヴァン。

「しかも、まわりの迷惑(めいわく)だよな。いつもあんなとこに腰(こし)かけてさ、通るとき、邪魔(じゃま)なんだよ。だれかがなんとかしないと。――そういや、腹へったな」

砂浜(すなはま)をあとにして歩きながら、シェーンはずっとしゃべっていたが、エヴァンは少しとまどっていた。「だれかがなんとかしないと」という言葉に、なんとなく、おどすようなひびきがあったからだ。シェーンがまた話しかけてきた。「そっちも、腹へってる?」

「ああ……うん、まあね」

「じゃ、ピザは? フェアハーバーに、最高にうまいピザ屋があるんだ。ピザ、好きだろ? 行かない?」

「ああ」エヴァンはワンパターンの返事をした。そして、シェーンがなぜ自分に声をかけてきたのか、ふいに気になりだした。

自転車がごちゃごちゃと停めてあるところまで来ると、シェーンが「チャリはある?」ときいた。

エヴァンはうなずいて、さびだらけのマウンテンバイクを引っぱりだした。家族でこの島に来た日に、借りた家にあった自転車の中から、ぼくはこれを使う、と選んだものだ。島では自動車は通行禁止だから、どこかへさっと行きたければ、自転車しかない。島のたいていの貸家には、自転車が何台かある。

　砂浜からフェアハーバーまではすぐだ。歩いたりジョギングしたりしている人が狭い道にあふれていないかぎり、五分とかからない。一列になって進むほうが楽だから、エヴァンはシェーンのあとからついていった。そのおかげで、今どんなことになっているか、考えるよゆうができた。「ボーイズ・イン・ブラック」をただながめていたときは、なんだよあいつら、と反感を持つ一方で、自分も仲間に入れたらいいのに、と思っていた。さっきシェーンが声をかけてきて、いっしょにどっか行かない？　とさそわれたときには、映画スターから、新作で共演しないかとさそわれたみたいな気がした。それで、空腹の犬がえさに飛びつくみたいにさそいに乗ってしまったが、考えると、おかしなことに、シェーンのことが好きかどうかもわからないし、まして共演したいとは思っていなかった。こんなことになって、ちょっと不安に感じているというのが、ほんとうのところだ。

　フェアハーバーに近づくと、シェーンが右のほうをさして大きな声で言った。「うちはあの道ぞいなんだ。砂浜から二軒目」

そのあたりは島の幅がとても狭くなっていて、道のまん中に立つと、一方に大西洋を、もう一方に入り江を、いっぺんに見わたすことができる。エヴァンは、どれがシェーンの家だろうと目をこらしていたが、すさまじい音量の音楽が聞こえてきたので、そちらに気を取られた。音楽をかけているのは、その道に面した、入り江に近い家のどれからしい。オペラだということはわかるけれど、なんのオペラかまではわからない。とにかく海辺にはそぐわない音楽なのに、みょうにしっくりくるような気もした。その音楽を聴いていると、島で耳にするいろんな音を思いだした。真夜中に鳩がクゥクゥ鳴く声や、セミの声や、もの悲しい霧笛の音——どれもさびしいひびきで、今聴こえているのも、さびしい音楽だった。

シェーンは言った。「あの家の連中はきっと耳が遠いんだ、そうに決まってる。音楽がうるさすぎるって苦情があって、しかたなく警官が訪ねてって音量をさげさせたことも二、三回あったよ。ま、耳でも悪くなきゃ、あんなクソみたいな音楽聴けやしないけど。タマを引っぱられた猫の群れみたいに、ギャアギャアうるさいもんな」

エヴァンとシェーンはピザを買うと、フェリー埠頭のはずれまで行き、ソーダといっしょに食べながら、シェーンのいう「データ」を交換した。シェーンはニューヨーク市内に、エヴァンは市の北のハドソン川に面した小さな町に住んでいる。シェーンは私立、エヴァンは公立の学校に通っていて、ふたりとも秋には高校に進む。シェーンには兄さんがふたりいて、ひとりは大学生、ひとりは最近結婚した。エヴァンには妹がひとりいて、今度小学二年生になる。

エヴァンから見れば、シェーンが話したことでいちばん興味を持ったのは、本人が唯一くわしく話したがらなかったこと、つまり、最近両親が離婚したことだった。調停の結果、母親がセントラルパーク・ウェスト（米国ニューヨーク市セントラルパークの西側に接している約三キロ四方の地区。裕福な人が多く住む地域）のアパートとこの島の別荘の両方を手に入れ、シェーンの養育権も獲得したという。

エヴァンが「それで、どんな感じ？」とたずねると、シェーンは「何が？」とききかえしてきた。

「両親が離婚したって、どんな感じ？」とききなおすと、シェーンは肩をすくめて、「両親が離婚してるって感じ」と答えた。

それ以上、何もきけなかった。

シェーンは話題をスポーツに変えたが、エヴァンがあまり乗ってこないので、次は女の子――というより、セックスに変えた。この話題でシェーンは勢いづき、エヴァンは落ち着かなくなった。シェーンがなんのことを言っているのかさえ、よくわからなかったけれど、恥ずかしくてそうは言えなかった。しかし、シェーンはすぐに見破ったらしく、ふいにきいてきた。

「女の子とやったこと、あるんだろ？」まさか、ないなんて言うなよな、とシェーンの目が言っていた。

「いや、まあ、そんな感じかな……」エヴァンは口ごもった。

シェーンは鼻で笑った。「そんな感じって、どんな感じだよ？　やったかやってないか、どっちかだろ。なあ、ほんとはキスしたこともないんだろ？　正直に言えよ」

エヴァンはのどがつまり、頬が熱くなった。ふいに、自分がシェーンを思いきりつきとばして海に落とす場面が頭にうかんだ。シェーンの頭が岩にぶつかり、肺が水でいっぱいになる。そして自分は、わざとゆっくり、助けを呼びにいく。

「ないよ」気がつくと、正直に答えていた。

「へええ。なら、そのことで頭がいっぱいだろ」シェーンはエヴァンの腕を軽くこづいた。

「けど、気にすることないって。都会の子は小さい町の子よりも早く大人になるって、よく言うだろ」

シェーンはエヴァンの返事を待たず、立ちあがってだるそうにのびをした。それから、声の調子をがらりと変えて、「そうだ、海パンにポケット、ついてる？」ときいてきた。

エヴァンはシェーンを見あげて、「ポケット？」ときき返した。

「そう、ポケット」

「ああ、うん、あるけど」

シェーンはにっと笑った。「よし。じゃあ、ちょっと遊ぶか」

「え？　遊ぶって――」

「足りないものは？」

「足りないもの？」

「それか、ほしいもの。何がほしい？　たとえば――」シェーンはかがんで、空になったピザの箱を片手でひろうと、ソーダの空き缶を指さし、つづいてエヴァンを指さして、それを持ってこいと身ぶりで伝えた。「――おれは、新しいルアー（釣りで、魚をさそうため、針につけて水面や水中で動かすしかけ。小魚に似せた形のものなどがある）がほしい」

「ああ……なら、サングラスがほしいな」エヴァンは言った。

「サングラスか。いいね」とシェーン。

なんでも売っている店の外のゴミ入れに空き箱と空き缶をすてると、シェーンはエヴァンのほうを向き、声をぐっと落として言った。「やるべきことが、ふたつある。まず、ほしいものがどこにあるか、店員にきく。で、とったら、何か言いながら店を出る。『気に入ったものがなかった』とか、『ありがとう。また今度にします』とか。わかったか？」

「とったら、ってどういう意味？」エヴァンはたずねた。

「どういう意味だと思う？」

「……万引き？」

シェーンは、エヴァンの肩に片手をどさっとかけた。「大正解。さあ、行こう。それにしても、サングラスとは難易度の高いのを選んだな。上級者でも手こずるやつだ。レジのすぐそばにあるからな」

シェーンが肩から手をどけると、エヴァンは言った。「だけど、万引きなんて――高いものじゃないし、親の名前を言って、つけにしてもらってもいいんだし。なんで――」

シェーンがまたエヴァンのほうを見た。いらいらしている。「いいか、べつにやらなきゃいけないってわけじゃない。それが肝心なとこだ。ちょっとスリルを味わおうって言ってるんだよ。な？　いっしょにやるのか？　それとも、やめとくか？」

自分でも情けないことに、エヴァンの答えは、考えなくても決まっていた。「やるよ」

「そうこなくっちゃ」シェーンが片手をあげ、ふたりはハイタッチをした。

店に入ると、客は数えるほどしかいなかった。十代の女の子がふたり、雑誌をぱらぱらめくっていたが、エヴァンたちに気づくと顔をあげて、品定めするように見た。ほかには、ベビーカーに赤ん坊を乗せた女の人が、金物コーナーにいるだけだ。

シェーンが小声で話しかけてくる。「やったことあるか？　いや、答えなくていい。だれがどこにいるか、どこを見てるか、気をつけてろよ。あやしまれるような動きはするな。おれを見るのもだめ、自分のやってることに集中しろ。けど、ついてるぞ。今、店員はひとりだけ、それも、頭が空っぽの女の子だ」

十八歳かそこらの女の子が、正面のカウンターをふいていた。その子の手の十センチほど先に、サングラスのラックがある。

「やるべきこと、ふたつを忘れるな」シェーンはエヴァンの耳元でささやいたと思うと、どうどうと店員の女の子に近づいて、たずねた。「すいません、釣りのルアーって、あるかな？」

店員はわずかに目を細めて、シェーンの顔をじっと見た。ひょっとしてシェーンに見おぼえがあって、あやしんでる？　エヴァンは不安になったが、店員は、どんな客からどんなことをきかれてもこんな調子だろうという感じで、自然に答えた。「ええ、むこうのスポーツ用品のコーナーにあります。金物コーナーの後ろに」

　今度はぼくの番だ、とエヴァンは思ったが、店員にどう話しかけたらいいか、わからなかった。サングラスは目の前にあるから、どこですか？　ときくわけにもいかないし……。

　店員の女の子は、プラスチックボトルに入った洗剤をカウンターにスプレーして、布でふいた。それからエヴァンのほうを見て、「何かおさがしですか？」とたずねた。

「ええっと、あの、サングラスは……ここにあるだけですか？」

「ええ、そうです」店員は答えて、そうじをつづけた。

　エヴァンは、サングラスがならんでいるラックにそろそろと近づいたが、雑誌を見ている女の子たちがひそひそ声で何か言ってるのが聞こえて、ついそっちを見てしまった。両手に汗がふきだし、あっというまにじっとりする。

　ラックをまわしながら、ほしいサングラスが見つかりませんように、と願った。だって、ほしくもないサングラスを盗む必要はないだろ？　その場合はシェーンに……なんと言おう？　できなかった、と正直に言う？

やがて、エヴァンはいい手を思いついた。とりあえず、どれでもいいからサングラスをひとつ盗む。安いやつほどいい。そして、あとからひとりでまたこの店に来て、とったときと同じく、だれも見てないすきをねらって、そっとラックにもどしておくのだ。

ようやく、後ろめたい気持ちがやわらいだ。あとは見つからないように気をつけて、サングラスを「借りる」だけだ。ラックをもう一度まわす。……あ、ほしいと思ってたサングラスがある。どうやら最後のひとつらしい。手に取って、小声で店員に「これ、ください」と言ったらどうだろう？　シェーンに聞こえさえしなければ……。

そのとき、「すみません」と金物コーナーのほうから声がして、エヴァンも、店員の女の子もそちらを見た。呼んだのはベビーカーの女の人だった。「さがしてるものがどこにあるのか、わからなくて」

店員は洗剤と布をカウンターに置くと、エヴァンに「すぐもどります」と言って、金物コーナーのほうへ行ってしまった。エヴァンはひとり残された。目の前に、ほしかったサングラスがある。ぎこちなくラックから取って、顔にかけ、鏡を見た。いつもより大人っぽく、強そうに見える。クリスに近づいた感じがする。

「ほしいルアーはなかったよ、ありがとう」

声のしたほうを見ると、シェーンが通路をぶらぶら歩いてきて、店員とすれちがった。そして、エヴァンの横を通るとき、ポケットを軽くたたいてウィンクした。

エヴァンは周囲を見まわした。だれもこちらを見てはいない。両手を水着にこすりつけて汗（あせ）をぬぐい、サングラスをそっとはずして、たたんだ。できる、と自分に言い聞かせる。だいじょうぶ、さっとポケットに入れられる。あとでまた来て、シェーンにはないしょで代金をはらったっていい。いまは、店から出て、サングラスの入ってるポケットをたたいてみせれば、シェーンは満足するだろう。

そのとき、わっと大きな笑い声が聞こえて、エヴァンは現実に引きもどされた。店に入ってきたのは、クリスと仲間たちだった。クリスは、エヴァンが手にしているのと同じサングラスをかけている。クリスがまっすぐこっちを見た。いや、そんな気がしただけかもしれないが、エヴァンはびくっとして、持っていたサングラスをカウンターの上の箱につっこんだ。ゴーグルやノーズガード（日焼けを防ぐために鼻につけるカバー）がたくさん入っている箱の、底のほうに。それから急いで店を出ようとしたが、ふと思いだし、店員のいるほうにおどおどしながら叫（さけ）んだ。「あの……、ほ、しいのが見つからなかったんで……」

ふたりで角を曲がって、自転車を停めた場所に向かうとちゅう、シェーンが大きな声で言った。「やったな！　見せろよ。どこに持ってる？」

「あの、いったん、とったんだけど……」エヴァンは口ごもった。「あの……」

シェーンがさえぎるように、「もういい」と言った。「それより、じき五時半だ。ソルテアの埠頭に、フェリーを出むかえにいかなきゃ」

エヴァンはあわてて言った。「わけがあるんだ。とろうとしたんだ、ほんとに。だけどそこへ――」

シェーンがまたエヴァンの肩に手を置いた。でも、さっきとは感触がちがった。仲間どうしのしぐさというより、先生がお説教をするために生徒を呼び止めたような感じ。

「気にすんなって、な？　ただの遊びなんだから。大げさに考えるなよ。とにかく、フェリーを出むかえなきゃ。いっしょに来るか？」

エヴァンはうなずき、自転車にまたがってシェーンについていった。ソルテアに着くまでずっと、自分に言い聞かせていた。落ちこむことはない。正しいことをしたんだ。やったことを悪いと思うべきなのはシェーンのほうで、やらなかったことをぼくが後ろめたく思う必要はない……。なんて言おうか、あれこれ考えたが、何を言ったところでシェーンの反応は変わらないという気がした。見くだすようにエヴァンの肩に手を置いて、おまえはしくじったんだという目で見るに決まってる。

ふたりが埠頭に着いたとき、ちょうど五時半のフェリーが入ってきた。シェーンはろくにエヴァンのほうをふりむきもせず、自転車をほうりだすようにおりると、大声で言った。

「よう、相棒！　ジョシュ、おかえり！」

エヴァンがフェリーを見ると、甲板で手をふっている少年がいて、「よう！　相棒！」と叫び返してきた。そのとき、「エヴァン！」という声がしたので、一瞬、知り合いでもないジョシュが自分の名前を呼んでくれたのかと錯覚した。

しかし、エヴァンを呼んだのはパパだった。同じフェリーに乗っていたのだ。

いっしょに家に向かって歩きだすと、パパはエヴァンの肩をぽんとたたいて言った。

「びっくりしたよ。うれしいな、ここまでむかえにきてくれるとは」

エヴァンが「……早く会いたかったから」と言ったとき、シェーンが自転車で追いこしていった。ハンドルとサドルをつなぐパイプに、「相棒」のジョシュがあぶなっかしく腰かけている。

「シェーン、じゃあまた！」エヴァンは声をかけながら、横目でパパを見た。

シェーンは答えなかったが、聞こえてる、というようにに軽くうなずいた。

「これはびっくりだ。友だちができたのか」とパパ。

「うん、まあ」

その夜、網戸(あみど)にかこまれたポーチで、ママと妹のコーリーがカードゲームのウノで遊び、パパがぶつぶつひとりごとを言いながらクロスワードパズルを解いているそばで、エヴァンは『キャッチャー・イン・ザ・ライ』を手に取った。そして、ホールデンが自分のことを「臆病者(おくびょうもの)」だと言っている場面をもう一度読んでみた。正確には、「すごく臆病(おくびょう)なやつのひとり」という言いかたをしている。それこそまさに、エヴァンがホールデン・コールフィールドを嫌(きら)いな大きな理由のひとつだった。

こいつは意気地なしだ、とエヴァンは思いながら、本をとじ、自分の両足を見おろした。毛が生えていて傷ひとつない長い足を見ながら、自分もどうしようもない意気地なしだ、と思った。

それからというもの、ミランダは王子と、よくいっしょにすごすようになりました。ふたりとも、砂浜を歩きながら貝殻を集めたり、おしゃべりしたりするのが大好きでした。ミランダは、いっしょにいてこんなに楽しい人がいるなんて、と思っていましたが、口には出しませんでした。

ところがある日、驚いたことに、王子がこう言ったのです。「きみは今までで最高の友だちだよ、ミランダ。それに、ずっと前から知ってたような気がする」

ミランダは言いました。「もしかしたら、ほんとうに知っていたのかもしれないわ」

ふたりは見つめあい、そうなのかもしれない……と思いました。

そういえば、王子は、自分たちがどんないきさつでこの島を治めるようになったのか、語ったことはありませんでした。また、ミランダがどこに住んでいるのか、毎日夕方になるとどこに帰っていくのか、たずねたこともありませんでした。ミランダは、ほっとしていました。あのけだもののことや、呪（のろ）いをかけられた人形のことは、絶対、王子には話せないからです。

王女のほうは、名前をカリアンドラといいました。王女もミランダのことが大好きで、こんなことを言いました。「ミランダみたいなお姉さまがいたらいいなって、ずっと思ってたの。お兄さまもやさしくしてくれるけれど、お姉さまと妹って、もっととくべつなんでしょう？」

ミランダは、どう返事をしたらいいかわかりませんでした。姉も妹もいないからです。でも、心の中では王女の言うとおりだと感じていたので、もう少しで、「わたしも、あなたが妹だったらいいのにと思うわ」と言いそうになりました。

ある日、カリアンドラが砂のお城をつくるのをミランダが手伝っていると、そばで見ていた王子が、ミランダにたずねました。「そのペンダント、いつも身につけているね？」

ミランダは金のペンダントにふれました。ふいに、心が重くしずみます。「わたしが生まれたときに、お母さんがくれたんですって。でも、お母さんはずっと前にいなくなってしまった……。お母さんのことは何もおぼえていなくて、これがただひとつの形見なの」

カリアンドラが、小さな手にそのペンダントをのせました。ハートの形のペンダント――いいえ、ハートの一部といったほうがいいでしょう。まん中でぎざぎざに切られ、半分だけが残ったように見えます。奇妙な形でしたが、そのとき幼い王女が気づいたのは、もっと奇妙な真実でした。

「これとそっくりのペンダント、見たことがある」カリアンドラは目をきらきらさせて言ったのです。「もしかしたら、これと合わせると、ひとつになるのかも」

「どこで見たの？」ミランダはたずねました。

カリアンドラはミランダのほうへ体を寄せて、耳元でささやきました。

「お母さまが持ってる」

「うちのパパとママ、離婚するんだ」コーリーは、ちょっと大きめの服を着てみるような気分で、そう言った。するとやっぱり、少しぶかぶかの服みたいに、自分には似合わない感じがした。でも、いつかは似合うようになるかもしれない。

いっしょに砂のお城をつくっていたサラが、こっちを見て、「ほんとに？」と大まじめにきき返してきた。

コーリーは、べつにたいしたことじゃないけどね、というようにうなずいた。「あたしはママといっしょに、今のおうちに残るけど、お兄ちゃんはパパと、別のおうちで暮らさなきゃならないの」

「お兄ちゃんとバラバラになっちゃうの？」サラは小さなシャベルを下に置いて、このショックな話をよく考えた。「そんなのひどい。でも――でも、コーリーがお兄ちゃんのこと嫌（きら）いなら、それでもいいけど」

「ううん、お兄ちゃんのことは好き」コーリーは言いながら、横目で、そばのパラソルの下にすわっているサラのお母さんを見た。こっちの話を聞いているかどうか、気になったのだ。でも、サラのお母さんは小さなアイリーンに絵本を読んであげているところだった。

コーリーは話をつづけることにして、肩（かた）をすくめてみせた。

「ひどいって思うけど、しょうがないでしょ？　あたしもお兄ちゃんもまだ子どもだし、大人は、子どもの気持ちなんて考えてくれないもん」

「だけど、自分の子どもの気持ちは考えなきゃ」サラが言い返した。しゃがんだまま、両腕（りょううで）でひざをかかえ、体を前後にゆらしはじめる。コーリーはつくりかけのお城の上に手をのばして、あげてもあげてもずり落ちてしまうサラのサングラスを押（お）しあげてやった。

コーリーがサラと友だちになって、三日目。もう、水着を取りかえっこして着たこともあるほど、なかよしだ。遠慮（えんりょ）はいらない。

「だから、ひどい、って言ってるの」コーリーはさもいらいらしているように言ったけれど、じつはそうでもなかった。自分でも驚（おどろ）くほど、あっというまにこのつくり話になじんでしまった。もう、ぶかぶかの服を着ている感じはしない。

「けど、どうして?」サラがききながら、やはりお母さんのほうを見た。でも、お母さんが聞いているかどうかではなく、そこにいるのを確かめただけだ。「コーリーのパパとママ、どうして離婚するの?」

コーリーはちょっと考えてから、答えた。「パパもママも、飽きちゃったんじゃないかな。あのさ、大好きなお人形をなくしたら、悲しくて、もう死んじゃう、って思うでしょ?」

サラがうなずくと、またサングラスがずり落ちた。

「でもね、新しいお人形をもらったら……お誕生日とか……」

「クリスマスとか」とサラ。

「ハヌカー(ユダヤ教の祝祭。期間は十一月下旬から十二月の八日間で、年によって異なる)とかね」コーリーは、自分の家の宗教の祭日を言った。「それで、新しくもらったお人形がかわいかったら、今まで大好きだった古いほうのはどうでもよくなって、だれかにあげてもいいかな、とか思わない?」

「思わない。あたしは、どのお人形も、絶対にだれにもあげないもん」サラが怒ったように言った。「大好きじゃなくなっても、だれかにあげるなんて、できないよ」

「うん、そうだよね。あたしも。だけど、あげられる、って思ってみて。うちのパパとママは、そんな感じなんじゃないかな」コーリーは、片手で砂をすくった。「わかる？」

「わかんないよ。だって、古いお人形をまた好きになるかもしれないでしょ？　そうなることだってあるよ。あたし、何度もそうなったもん」サラは、シャベルを手にして、すごい勢いで砂を掘りはじめた。

「ちょっと、砂、飛ばさないで」

「ごめん」

コーリーは、サラがあっというまにつくった砂の山に、ずっとにぎっていた砂をのせた。

「サラは運がいいんだよ。パパとママが離婚しないんだから」

「パパとママが離婚する子なんて、ひとりも知らないもん」

「運がいいんだってば」

「お城の塔、何個つくる？」サラがたずねた。

「ええと……七個？」

サラはにっこりした。「いいね。あたしたちと同じ。あたしたち七歳だから、塔も七個。ね？」

コーリーも笑顔になった。「うん。七と七」

サラは、塔をつくるのに使うプラスチックの型を取ってこようと、立ちあがった。いちばん気に入っている型は、今、なぜか妹のアイリーンが手に持っている。一方、コーリーは、砂の山を手のひらでぱたぱたたたいてかためながら、サラの後ろ姿よりもずっとむこうの木の階段に腰かけている、あの、年上の女の子を見た。むこうもこっちを見ているような気がするけれど、ずいぶん遠いからよくわからない。

「スパイのハリエットの本、読んだことある？」コーリーはもどってきたサラにたずねた。

サラのあとから妹のアイリーンもついてくる。べそをかいて、サラが取りあげたプラスチックの型をつかもうとしている。

「サラ、だまって取ったらだめでしょ！」お母さんが大声でしかった。

「あたちの！」アイリーンが叫ぶ。

「ちがうよ、パパがあたしにくれたんだもん」サラは言って、妹の砂まみれの小さな両手をはらいのけた。

「だめえええ！」アイリーンがキイキイ声でわめく。

「サラ！」

お母さんの声に、サラはふり返って叫んだ。

「だまって取ってないもん！」

「ほら、あの子がそうだよ」コーリーは言った。

「え？」

「スパイのハリエット。あそこにいる」

「どこ？」

「指はさせない。むこうもこっちを見てるから。でも、何かさがしてるふりして、ゆっくり後ろを見て。あそこの階段に、腰かけてる女の子がいるでしょ。あれが、スパイのハリエット」

「あたちの！」アイリーンがますますキイキイ声をはりあげる。

「遊びに入れてあげなさい！」サラのお母さんも叫ぶ。「サラ、聞こえないの？」

「聞こえてる！」サラは叫び返し、アイリーンをじろりとにらんだ。

それから、コーリーの言うほうを見た。片手を額にかざし、まぶしい日をよける。「だれもいない――ああ、あの子？　あの子なら、いつもあそこにいるじゃない」

「ね、あれがスパイのハリエットだよ」

「まさか」

「ほんとだよ」

コーリーが自信たっぷりなので、サラはしぶしぶ、「ほんとにいるなんて、知らなかった」と言った。そして、アイリーンに別のおもちゃをわたした。でも、アイリーンはあまりうれしくなさそうだ。

「そうだけど、モデルがいるんだよ。それがあの子」

「へえ、すごい」サラは言って、コーリーといっしょに、城のまわりに堀をつくりはじめた。アイリーンは新しいおもちゃでおとなしく遊んでいる。そっちのほうが、塔をつくる型よりもおもしろいとわかったらしい。

サラは言った。「かっこいいな。あたしもやってみたい。みんなをこっそり見張って、いろいろメモするの。あの子、よその家の窓から中をのぞいたりするのかな?」

「するよ、ハリエットだもん」

ふたりはしばらくだまって砂のお城をつくっていたが、やがてサラが声をひそめて言った。「あの子、あたしたちのことも書いてたりして」

コーリーが顔をあげて、サラの目を見た。ふたりは、くすくす笑いだした。

「なんで笑ってるの?」とサラ。

「わかんない」とコーリー。

コーリーはお城をつくりながら、スパイの女の子が今、どんなことを書いているか、想像してみた。

――女の子がふたり、砂浜で遊んでいる。ひとりはまっすぐな赤い髪で、サングラスをかけていて、アイリーンという名前のうるさい妹がいる。もうひとりは茶色の髪で、お母さんと同じようにそばかすがあり、大うそつきで、つくり話ばかりする。両親が離婚する、とか。そうなるかどうかなんて、ぜんぜんわからないのに。わたしはスパイのハリエット。みんな、あの本はつくり話だと思っているけど、わたしはほんとうにいる……。

ふいに、コーリーは気になってきた。あの子、スパイのハリエットじゃないなら、いったいだれなんだろう？　でもじきに、砂のお城をつくることに夢中になって、遠くにいる女の子、エヴァンが「見張り」と呼んでいるあの子は、コーリーの頭の中でぼんやりかすみ、幽霊のようになった。そこにいるけれど、目には見えない。そしてさらに時間がたつと、コーリーはその子のことをすっかり忘れてしまった。すると、いつのまにか、その子は消えた。幽霊でさえなくなって、そこに、いもしない。

エヴァンとパパとママが砂浜にやってくると、コーリーはかけ寄って出むかえ、できあがった砂のお城を自慢げに見せた。

「朝からずっと、つくってたの！」コーリーは胸をはった。

「あたしたちふたりで！　橋はあたしがつくったの」とサラ。

コーリーはエヴァンの手を引っぱり、息をはずませて言った。「お城の名前ね、サラ・コーリー城にするか、コーリー・サラ城にするかで困ってるの。お兄ちゃんはどっちがいい？」

エヴァンは、妹と、妹の新しい親友の真剣な顔を見おろして、「それは、すごく難しい問題だなあ」と言った。

「でしょ」コーリーが大まじめな顔でうなずいた。

「そうだよね」とサラ。「なら、あれをしない？　大勢の人に同じことをきくやつ」

「アンケートかい？」とエヴァン。

「そう、それ！」

コーリーも言った。「うん、やろう。じゃ、貝殻と石を集めてこよう。あと、バケツもふたついるね。サラ・コーリー城がいい人は、石を、石用のバケツに入れるの。コーリー・サラ城がいい人は、貝殻を、貝殻用のバケツに入れるの」

　コーリーもサラも、あたしたちってなんてかしこいんだろ、とうっとりしつつ、重要な仕事に取りかかるために走り去った。あとに残されたエヴァンは、首を横にふった。七歳の子が考えることには、ついていけない。

「なあ、エヴァン」パパの声がした。「こいつをあげてみないか？　今日は凧あげには最高の日だぞ」

　見ると、パパが「本土」から持ち帰った凧を手に、後ろに立っていた。パパは何かにつけて「本土」という言葉を使いたがる。

　その凧は、確かに美しかった。三角形で、長い銀色のテールが三カ所についている。上側には、手描きのふしぎな鳥の絵。ターコイズブルーにシルバー、パープルにオレンジ、そしてとびきり明るい黄色と、あざやかな色が使われている。

　空にうかぶと、まわりのどんな凧ともちがって見えた。ちらちら光ったり、さっと舞いおりたり……。下のほうのシルバーの部分が日を受けると、まぶしく光り、まるで銀色の靴をはいて踊っているように見えた。

　最初にパパが凧をあげ、少しするとエヴァンがリールを受け取った。凧の力を感じながら、糸をくりだしては、巻き取る。

「そうだ、もっと糸を出して」パパが後ろから声をかけてくる。

「わかってる」エヴァンは答えたものの、じつはあまり凧の扱いをわかっていなかった。少なくとも、頭では。ただ、体はこつをつかんだらしく、自然に動いた。自分以外の何かとこんなにしっかりつながっている感覚は、ひさしぶりだ。凧とひとつになったような、自分も空を飛んでいるような感じがする。

「あたしもやる！」コーリーの声がした。

「ちょっと待って」

「早くう。お兄ちゃんばっかり、ずるい」コーリーがだだをこねはじめた。

「エヴァンばっかり、ずるい」サラもまねして言った。「あたしもやる！」

エヴァンは、まずサラを、それからコーリーを見おろした。コーリーは目をきらきらさせている。思いどおりになるに決まってる、といわんばかりだ。

エヴァンは言った。「なら、三人でいっしょに持とう」

コーリーとサラはエヴァンのとなりに立とうと押しあったあげく、両側にひとりずつ立ち、三人でリールをにぎった。すると、小さなアイリーンもエヴァンの足にしがみついてきた。

「あたちー！」アイリーンが声をはりあげる。

エヴァンは思わず笑った。「きみも？」

「あたちも！」

「そうか。なら、だれか――」エヴァンは後ろをふり返って、びっくりした。パパがママの肩を抱いていて、ちょうど今、ママもパパの腰に腕をまわしたのだ。ふたりは、エヴァンに向かってほほえんだ。少し考えてからじゃなく、前みたいに自然に。

「だれか、アイリーンをぼくの肩に乗せてくれない？」エヴァンはつづきを言った。

「はい、まかせて」とママ。

ママは急いでやってくると、アイリーンを抱きあげた。アイリーンの砂だらけのやわらかな両腿がエヴァンの首にあたり、両腕が頭のてっぺんに巻きつくのを感じながら、エヴァンはずっと、パパとママを見ていた。そして、ふたりがまた、たがいの体に腕をまわすと、ほっとした。頭の中ですばやく「神さま、ありがとう」ととなえ、ふうっと息を吐く。知らないうちに息を止めていたのだ。

「まあ、みんな、いい感じね！」サラのお母さんが少し大げさに言った。「そのままでいてね、カメラを取ってくるから。ええと……」

サラのお母さんはビーチバッグにかけよると、中をさぐった。アイリーンがエヴァンの肩に乗ったままおしりをはずませ、サラがぶつぶつ言った。

「うちのママ、なんでもかんでも写真に撮るから、写真が何万枚もあるんだ」

するとコーリーが言った。「あたし、写真、好きだよ。持ってるのも好き」

「あたしだって。けど、何万枚もいらないでしょ」とサラ。

コーリーがエヴァンに言った。「お兄ちゃん、サラのお母さんにパパとママの写真も撮ってもらって」

「さっき、パパとママが離婚するって言ってたけど……」サラが、ひそひそ声でコーリーに話しかけたけれど、エヴァンにも聞こえた。「そんなふうに見えないよ」

「離婚するかも、って言っただけだよ」コーリーが怒ったようにささやき返す。

「うそ。さっきは――」とサラ。

「はい、みんな、こっちを見て！」サラのお母さんの声がした。

エヴァンはにっこりして、同時にアイリーンの足の裏をこちょこちょくすぐった。アイリーンがケラケラ笑っているあいだに、シャッター音が鳴った。

「もう一枚！　みんな、まばたきしないでね！　それと、サラ、今度はコーリーの後ろからウサギ耳しちゃだめよ！」

　コーリーとサラは、エヴァンの後ろでつつきあって、くすくす笑っている。

　二枚目の写真を撮っているとき、だれかがエヴァンの名前を呼んだ。「エヴァン、よう、エヴァン！　かっこいい凧だな！」

　声のほうを見ると、「ボーイズ・イン・ブラック」がいた。五人そろって波打ちぎわに立ち、エヴァンが凧をあげているのを見ている。かっこいい凧を。

　エヴァンはコーリーとサラに、「リールをしっかりにぎってて！　はなしちゃだめだよ！」と言うと、片手をはなし、シェーンに向かってふった。

　シェーンもふり返し、何か叫んだが、よく聞こえない。

「何？」エヴァンは声をはりあげた。

「ぼっちを見てみろよ！」シェーンは後ろを見ろ、と手ぶりをしてから、また叫んだ。

「ぼっちだよ！」

　エヴァンは首だけまわして、シェーンがさしているほうを見た。すると、「見張り」のあの子が、いつもは腰かけている階段のてっぺんに立って、両腕を大きく広げ、背中をそらし、空をあおぎ見ていた。

「飛んでるんだ！」エヴァンはシェーンに叫び返した。

「イカレてるよな！」とシェーン。

エヴァンは、ちがう、というように首をふって、「飛んでるんだ」とまた言った。でも、今度はあまり大きな声は出さなかった。なぜなら、エヴァン自身も飛んでいて、シェーンやその仲間に邪魔されたくなかったから。自分の楽しみも、「見張り」の子の楽しみも、邪魔されたくなかった。今日は飛ぶのに最高の日だからね、とエヴァンはひそかに思った。

そして、自分の肩からぶらさがっている小さな足を片方、きゅっとにぎると、「そうだろ？　アイリーン」と言った。

アイリーンはキイキイ声で何か叫んだ。エヴァンには、「そうだね、エヴァン」と聞こえた。

王妃は自分のペンダントを取りだし、ミランダのペンダントの横にならべました。すると、ふたつはぴったり合ったではありませんか。

王妃は涙を流して言いました。

「あなたがミランダと名乗ったとき、もしかしたら、と思ったわ……でも、まさかそんなはずはない、わたしたちのミランダは、赤ちゃんのとき海にしずんでしまった……そう思いこんでいたの。わたしたちが乗っていた船が、この島の沖で難破して……」

そこまで言うと、王妃は声をつまらせ、話せなくなってしまいました。そこで王が話を引き取ってつづけました。

「わたしは、赤ん坊だったふたりの子どもを抱えて、なんとか岸まで泳ぎ着こうとした。だが、その日は海が荒れていて、ふいに大きな波におそわれ、ひとりをさらわれてしまったのだ。それがどちらの子かもわからず、わたしは、『エヴァリオ！　ミランダ！』と何度も叫んだ。しかし、赤ん坊の泣き声は聞こえず、聞こえるのは、たけりくるう海のとどろきばかり、もうひとりの子どもまでわたしから奪おうとしている、波の音だけだった」

ミランダはエヴァリオを見つめました。「では、あなたは……」

「きみのきょうだい……ふたごの兄だよ」とエヴァリオ。

ミランダは、ずっとはなればなれだった兄の腕の中に飛びこみました。カリアンドラも
ミランダを抱きしめて言います。

「とうとうお姉さまができたわ。ほんとうのお姉さまが」

「そうね」ミランダは答えると、王子に向かって言いました。「やっぱり、ずっと前から、
おたがいを知っていたのね、わたしたち」

けれど、悲しいことに、ミランダが幸福にひたっていられたのは、わずかな時間でした。
今夜も、けだものの待つ家に帰らなければならないとわかっていたからです。けだもの
の力はとてつもなく大きく、
強く、
なぞに満ちていて、
さからうことはできませんでした。ほんとうの家族といっしょにいるところをけだもの

に見つかったら、ミランダは殺されてしまいます。
ミランダのほんとうの家族も、きっとみな殺しにされてしまうでしょう。

だれにも関係ないこと

八月の第三週に入ったころ、まるで神さまが温度調節のつまみをぐいっとまわしたみたいに、気温が一気にあがった。クリスはそれを、ゆうべ、あんなことをしたから、バチがあたったんだと思った。

「うう……もう二度と行かない、神に誓うよ」クリスはつぶやいた。

するとジェニーが言った。

「へえ、そう。でも、神さまは巻きこまないほうがいいんじゃない？　クリスの夜のすごしかたを見たら、快く思われないかもよ。言ってること、わかるでしょ？」

「いや、ほんとに誓うよ。もう絶対に、あんなパーティーには行かない。だって、その……最低だろ？」

「そりゃね。だけど、自分でもわかってるでしょ。今日もまた夜になれば、まっさらのおめでたい状態、そう、『タブラ・ラーサ』にもどっちゃうって」

クリスはゆっくりとジェニーのほうを見た。大学の授業に出てきそうな難しい言葉を使われると、腹が立つ。

「それ、どういう意味だよ？」

「タブラ・ラーサは、『何も書いてない石版』っていう意味。ほらほら、インテリっぽい言葉を使うと、そんなふうにいやな顔するけど、わたしだって、クリスがあんまりバカなこと言うと、うんざりするんだから」

「そりゃ、悪かったね」

「ちがうの。うんざりするのは、クリスがバカのふりしてるだけだって、わかってるから。ほんとはもっと……ううん、ごめん、忘れて。よけいなこと言った」

クリスはまた海のほうを見た。首を動かした拍子に、ゴキッと音がした。

「おれはバカじゃない」

「そう言ったじゃない」

「ああ。うん」

ジェニーは手を下にのばして、足元に置いてあるミネラルウォーターのペットボトルを取った。「だけど、クリスがどんな生きかたをしようと、わたしには関係ないから」

「だれにも関係ないこと（エイント・ノーバディズ・ビジネス）」

「え？」

「歌詞だよ」

「そう」

「曲名は思いだせない。もしかしたら同じかも。『エイント・ノーバディズ・ビジネス』」

「ふうん」

「ところで、今夜、ケリーと、名前忘れちゃったけどいっしょに住んでる子が、パーティーやるんだって。場所はキズミット。行く？」

ジェニーはため息をついた。「行こうかな。でも、飲まない。クリスも飲んじゃだめ。何かめんどうに巻きこまれたりしたら、大変でしょ。だいたい――」

「ちょっとだまって」クリスはきつい口調でさえぎった。「今はマザー・テレサ（二十世紀後半、おもにインドで、貧しい人々を救う活動に生涯を捧げた修道女。ノーベル平和賞を受賞）の説教を聞く気分じゃないんだ」

「ふーん」ジェニーは言うと、水をごくごく飲んで、何かつぶやいたが、クリスには聞き取れなかった。

クリスは考えた。結婚するとこんな感じなんだろうな、きっと。生きかたについて、相手に説教する権利があると思いこむ。相手はそんな説教なんか聞きたくなくて、自分でなんとかしようと思ってるかもしれないのに。くそっ。なんでジェニーにあやまらなきゃ、なんて気持ちになるんだ？　何をあやまるっていうんだ？　おれは意見なんかきかなかった。だいたい、人のことをバカ呼ばわりしたのはジェニーのほうじゃないか。

クリスはちらっと腕時計を見た。十一時半。砂浜には、あまり人がいない。天気がいいだけに、ちょっと意外だった。クリスは周囲をぐるりと見わたして、いつもの顔ぶれがそろっているのを確認した。左のほうに、人魚の女の子。赤毛の友だちと砂遊びをしてる。赤毛の子の小さい妹は、パラソルの下でブランケットに横になって眠ってるみたいだ。太陽がじりじりと照りつけてるのに、あんなにぐっすり眠れるなんてうらやましい。何も心配事がないから、よく眠れるんだろう。そういう状態を、ジェニーはなんて言ってたっけ？　何も書いてない、なんとか……タブラなんとか。

母親ふたりは、ビーチチェアをならべてしゃべっている。人魚の女の子の兄は、ビーチタオルに横向きに寝そべって、片ひじを立てて頭を支え、もう片方の手に持った本を読んでいる。新しいサングラスをかけてるな。おれがかけてるのと、同じに見える。そのことが、なんとなく気になる。

父親はどこにいるんだろう。あの父親は、たいていは家族といっしょにいる。大方の父親よりは、家族といることが多い。金曜日の午後遅くにやってきて日曜日にはいなくなってしまう父親たちとはちがう。

クリスは、少し前に自分がジェニーに言ったことを思いだした。砂浜にいれば、どんな家族でもすてきに見える——なぜあんなひねくれたことを言ったのか、自分でもわからない。あの家族はほんとうにすてきに見える。だって、何をするにもいっしょだし、そのようすを写真に撮っている。そういう家族はほかにもいるけど、あの家族は何かちがう——なんて言ったらいいんだろう、うまい言葉が思いうかばない。けっしてどなりあったりしない、ってことかな。それにあの男の子は、妹を心からかわいがっているように見える。凧あげをしたときだって、妹とその友だちにリールを持たせてやって、友だちの小さな妹を肩車していた。なかなかできないことだ。

だけど、それだけがあの家族の魅力っていうわけじゃない。ん？　おれはいったい何を考えてるんだ？

もしかしたら、おれはほんとうにバカなのかもしれない。バカっぽくふるまってるだけじゃなくて。

「あのさ……」クリスは声に出して言った。「ああいうパーティーに行きたくないって思うことも、ほんとはあるんだよね」

「うん、言ってること、わかる」ジェニーが淡々とした口調で返してくれたので、クリスはもっと話す気になった。

「自分のこと、バカだとは思ってない。けど、ときどき自分でも、どういうつもりなのかわからなくなるんだ。ああ、わけわかんないこと言ってるよね。たとえばさ、ゆうべのパーティーでも、ちょっとハイになってて、すごく大勢の人がいて、音楽がガンガン鳴ってて、みんな汗だくで酔っぱらって、どなりあってた。どならないと聞こえないから。そんなとき、ほんとに自分がどうなっているのかも、自分がどこにいるのかも、わからなくなることがあるんだ。みんなが同時に踊ったり動いたりしてて、ぎゅうぎゅうづめで、どなってて、まるでひとつのでかい、でかい、でかい……」

汗がふきでてきた。手のひらで額をぬぐう。

「……でかい獣みたいな感じ？」ジェニーが言った。

「そう、それ。でかい獣の一部になったみたいで、動いたりどなったり飲んだり、ずっとしつづける。だって、それをやってるのはでかい獣で、おれはその一部だから。で、そんなとき思うんだ。ちがう、おれはバカじゃない、こんなのいやだって。だけど、逆に頭が空っぽになったみたいに感じることもある。自分はそのでかい獣の一部なんだけど、そいつの思考を担当してる部分じゃないって。そう感じるのはすごくいやなんだけど。わかるかな？　それが――」

クリスは汗のしずくを舌で受け止めた。すっぱい汗だった。その瞬間、クリスはどこでもいいから横になって体を丸め、ずっと眠っていたくなった。

ジェニーが言った。「クリス、すごく具合が悪そうよ。ほんとにまいってる感じ」

「そいつはどうも――」

ジェニーは、監視塔の後ろの日よけテントをふり向いて言った。

「クレイグ！　クリスと代わってくれない？　具合が悪いみたいだから」

「マジで横になったほうがよさそうだ」クリスは言った。

「家に帰りなさいよ」とジェニー。

「テントでいいよ。中で横になる」

「だめ。家に帰って、しっかり眠りなさい」ジェニーがきっぱり言った。「こんな暑いところで寝たら、起きたときにはもっと気分が悪くなってるわ」

クレイグが監視塔にのぼってきて、クリスをひと目見ると、「顔色がクソ悪いぞ」と言った。

「そりゃどうも」クリスは返したが、言われなくてもじゅうぶん自覚していた。頭が割れそうに痛い。でも、すでに、アスピリンか何か、同居人のひとりがくれた鎮痛剤を四錠飲んだから、あと二、三時間、薬は飲まないほうがいい。眠れば、いくらかよくなるかもしれない。午後はずっと、ジェニーやクレイグたちにまかせて、寝ていよう。そして今夜はおとなしくしていよう。強い酒は飲まない。あのでかい獣の一部にはならない。

監視塔をおりて、焼けるように熱い砂の上を歩きながら、道路にあがる階段のほうへ歩いていくと、あの女の子がいつもの場所に腰かけて、こっちを見ていた。まっすぐに、まるでこっちからは見えないと思ってるみたいに、見つめている。一瞬も目をそらさない。

女の子のすぐ横まで来ると、クリスはなぜそんな気になったのかわからないが、足を止めて話しかけた。

「だいじょうぶ？」

女の子は肩をすぼめ、体を階段のすみに寄せて、クリスの邪魔にならないようにしている。クリスが階段のいちばん下の段に足をかけたときから、そうしていた。胸に、いつも何か書いているノートをきつく抱きしめている。守っているのはノートなのか、それとも自分自身なのか……。

「ほんとに、だいじょうぶ？」クリスはもう一度、やさしくたずねた。

女の子はぴくりとも動かない。腕にも足にも蚊にさされた痕がたくさんあって、どれも皮がむけ、赤くなっている。

「かきむしっちゃだめだよ。その、蚊にさされたところ。かさぶたになってもそっとしとかないと、治らないよ」

女の子が何も言わないので、クリスは話を変えた。

「ところで、なんでずっとここに腰かけてるの？　砂浜におりて遊べばいいのに。泳ぐのは嫌い？」

女の子は少し顔をあげた。クリスは返事を待ったが、とつぜん目の奥にさすような痛みが走り、吐き気がこみあげてきた。早く横にならないと。

「ごめん、もう行かなきゃ」クリスは、まるで女の子がしゃべっているのをさえぎるみたいに言った。「ほんとにだいじょうぶ？　何か困ってることとか、ない？」

やはり返事はない。クリスは肩をすくめた。この子に話しかけたのをジェニーに見られていませんように。マザー・テレサ的というか、人助けを重んじるジェニーに影響された、なんて夢にも思ってほしくない。

自転車置き場のすぐそばまで行って、ふり返った。すると、あの女の子もふり返ってこっちを見ていた。クリスは、どきっとした。女の子の目が、叫んでいるように見えたのだ。瞳がめらめらと燃え、奥のほうでだれかが、ここから出して、と叫んでいる。クリスは思った。きっと夢をみてるんだ。みんながタオルやビーチチェアやボディボードを持って通りすぎていく道のまん中に立ったまま、具合が悪いせいで夢を見てるんだ。あの女の子の目が燃えていて、その中にとらわれているだれかが助けを求めている、っていう夢を。

「まいったな」クリスはつぶやいて、額をぐっしょりぬらしている汗をぬぐった。「マジでまいった」

今日は自転車で来ていなかったので、おぼつかない足どりで、たっぷり十五分かけて、ほかの四人と同居している家に帰り着いた。幸い、家にはだれもいなかったから、そのままベッドにたおれこんだ。

はっと目ざめると、もう暗くなっていた。まる一日、ろくに水も飲まなかったせいか、口の中に金属めいた、いやな味がする。向かいの部屋から、大音量の音楽が聞こえる。クリスはうめきながら、そろそろとベッドに起きあがった。頭痛はほぼ消えている。体がこわばっているが、それはきっと長く寝ていたせいだ。クリスは大きなげっぷをした。父親がいたら、「いいのが出たな」と言うだろう。まったく笑える。父親を思いだすのは、ろくでもないときばかりだ。げっぷをしてほめられたって、ちっともうれしくない。やれやれだ。

ベッドのそばの床に置いてある時計を見ると、夜の九時を過ぎていた。時計の横には、二カ月ほど前に読みはじめたものの、まだ五十ページくらいしか読んでいない小説がある。しかも、その五十ページを、二度以上読んでいる。たまに少し読むだけだから、しょっちゅう前にもどって読み返さないと、筋を思いだせないのだ。そのとき、ふと思った。今夜は、ケリーが同居人と住んでる家に行くのはやめて、ピザでも買ってきて、ここで食べながら本の続きを読もうか……。

クリスは、砂浜で見かけたあの少年のことを考えた。人魚の女の子の兄だ。あの少年はいつも本を読んでいる。ああいう時間のすごしかたも悪くない。いや、むしろ、いいと思う。おれみたく、ろくに本も読まないでいるよりはましだ。おれみたく？　正しく言うと、おれみたいに？　ふん、正しい言葉づかいがなんだ。まちがえたってどうってことない。いや、やっぱりまちがえないほうがいいだろう。ジェニーの言うとおりだ。おれはバカなふりをしてるけど、そんなにバカじゃない。もっとがんばって勉強しとけばよかった。いや、今からだってまにあうんじゃないか？　本だって読めばいいし、大学にだって行ける。できることはいろいろあるはずだ。

「よう、起きたか！」

天井の明かりがぱっとついたので、クリスは目がくらんだ。片手で目をおおい、もう片方の手で枕をつかんで、明かりをつけたやつに投げつける。

「大はずれー。飲んだくれのどあほっ！」

その声で、トッドだとわかった。四人の同居人の中でただひとり、がまんできないやつだ。みんなから「パーティー男」と呼ばれてるやつ。

「よう、クリス。ケリーんとこ、行くか？」

「たぶん……」クリスは口の中で答えた。「明かりを消せよ、まぬけ」

「まあまあ、そう怒るなよ、バーカ。ちょっと金がいるんだ。おまえの財布、どこ？」

クリスは片目をあけるのがやっとだった。トッドは明かりをつけっぱなしにして、部屋の中を歩きまわった。ビーチサンダルにショートパンツ、洗濯してあるらしいTシャツを着ている。トッドにしては「正装」だ。クリスにいわせれば、たとえ洗濯ずみのTシャツを着ていようと、トッドのだらしなさはケタはずれだ。もっとも、クリスにどう思われようと、トッドはこれっぽっちも気にしないだろう。クリスより二歳年上なせいか、トッドはいつも、かけっこでクリスを負かしたみたいにふるまう。

そのとき、ドア口にクレイグが顔を出した。

「よう、気分はどうだい？　だいじょうぶか？」

クリスはぼんやりとうなずいた。「眠ったら、大分よくなった」

「睡眠は最高の薬、っていうもんな」とクレイグ。

「笑いだろ」クリスは言った。

「え？」

「笑いだよ、最高の薬は」

「ああ、そうだっけ。じゃあ、おまえもケリーのとこへ行くか？」とクレイグ。

「どうしようかな。考えてたんだけど、今夜はここで――」

「おっ、なんだこれ？」

トッドの声に、クリスは整理ダンスのほうを見た。トッドは、クリスの財布から何か出そうとしている。

「おい、十ドルだけだぞ」

「わかってるって」トッドは言いながら、二十ドル札を取ってポケットに入れた。「けど、こいつはなんだ?」

トッドは四角くたたんだ紙をつまんで財布から引っぱりだした。かなり古く、黄ばんでいる。クリスはぞっとした。そして、おどすように命じた。

「中にもどせ」

「おーっと、ラブレターかな――」トッドは紙をふってひろげた。

クリスがトッドに飛びかかる。だが、トッドはそれを見越していて、ひょいと飛びのき、大きな声で読みあげはじめた。

「『愛しいきみへ』」

トッドを止めようとしていたクレイグもふと足を止め、クリスをひやかすように見て、言った。「『愛しいきみ』だって?　なんだよ、七年生のときの国語の先生にでももらった手紙か?　教えろよ。先生がおまえの若い体に夢中になったとか?」

「だまれ、クレイグ！」クリスはどなった。「おいトッド、マジでその手紙をよこせ。よこさないと――」

トッドは声をはりあげ、あざけるような調子で早口に読みつづける。「『愛している。あれから何年も過ぎた今でも。一度もそう言えなかったことを、くやみつづけている。でも、気持ちは伝わっていたはず……。できるかぎり、あらゆる形でしめしたつもりだから。もし、きみが今もここにいたら、日ごと、いや、一分おきにでも、愛していると言いたい。ああ、わたしの……』」

クレイグは、ヴァイオリンでロマンティックな伴奏(ばんそう)をつけるまねをしていたが、クリスが部屋のすみにうずくまって両手で頭をかかえてしまうと、ふざけるのをやめた。トッドにもやめろと合図したが、トッドは大げさな調子で読みつづけた。自分が読んでいる言葉の意味など、気にもとめていない。

「『息子よ。なぜきみを行かせたのだろう？　自分を一生ゆるせない。絶対に。そして誓(ちか)う。だれのことも、けっしてきみを愛したようには愛さないと。きみは天使たちとともにいて、わたしは地上にいるのだとわかってはいる。だが――』

トッドが読むのをやめた。口をぽかんとあけて、手紙を見つめている。

やがて低い声で、「なんだよ」とつぶやいた。

クレイグが言った。「そいつをクリスに返せよ、トッド。ほら、返せって。行くぞ」

「けど、なんなんだよ、これ？」トッドがとまどった顔でつぶやく。

「知ってどうする？　いいから、早くクリスに返せ」とクレイグ。

トッドはクリスがうずくまっているすみのほうへ近づきかけたが、とちゅうで立ち止まり、手紙をベッドの上に落とすと、言った。

「悪気はなかったんだよ、な？　ちょっとふざけただけだ。軽い気持ちでさ。わかるだろ？　じゃ、またあとでな」

クリスはうずくまったまま、動かなかった。クレイグがやってきて、すぐそばにしゃがむ気配がした。「だいじょうぶか？」と言う声。しかしクリスは、どこか別の場所にいるような感覚におそわれていた。自分の内側に深く深くしずんで、だれの手もとどかないところにいるような……。

クレイグの声がつづけた。「じゃあ、あとでまた来るよ。トッドのしたことは気にするな。あいつがどうしようもないあほだってことは、わかってるだろ」

それから一分くらいして、クレイグが立ちあがり、ドア口のほうへ歩いていったのがわかった。

「行こう」というクレイグの声。

そのあと、またトッドの声が聞こえた。「ほんとに悪気はなかったんだよ、な？　気にすんなって、クリス。気にすんなよな」

そのあと、玄関のドアがバタンとしまり、時間が過ぎていった。どのくらい経ったかはまったくわからない。ただえんえんと、クリスとは無関係に時が流れていく。そして、物音はいっさいしなかったのに、ふと気づくと、ジェニーがベッドに腰かけていた。どうやら、クリスが何か言うのを待っていたようだ。

「近くまで来たの？」

「クレイグに会って、何があったか聞いたの。クレイグも、事情はよくわからないって言ってたけど――」

「兄貴がいたんだ」クリスはジェニーの言葉をさえぎるように言った。「いたって話だけど、おれが生まれる前に死んだんだ。プールでおぼれて……。父親は屋根にあがって仕事をしてて、落ちたときの水の音が聞こえなかったらしい。かけつけたときには、もう手遅れだった」

「そうだったの。それは、クリスにとってもきついね」

「そうでもないよ」ふしぎなことに、すごく小さな声で話しているのに、部屋じゅうに声がひびいてるみたいだ。「会ったことないんだ。死んだの、おれが生まれる前だったから。けど、そのせいでおれは泳ぎが得意になった。はいはいができるようになるとすぐ、親が水泳教室に入れたから」

「ご両親はすごくつらかったでしょうね」

「その話は、ほとんどしたことないんだ。だから長いこと、おれが勝手に頭の中でつくった話かと思ってた。今でも、そのことを考えるたび、なんだかお話みたいに思えるんだ。『昔、あるところに大工がいて、大工には息子がいました』みたいな……」

　クリスが顔をあげると、ジェニーがうなずいた。

「……それがほんとうにあったことだってはじめてわかったのは、父親が玄関（げんかん）の階段に腰（こし）かけて、高校時代からの友だちに話してるのを聞いたときだった。こう言ってたんだ。『おれは息子のそばにいてやるべきだったんだよ、トミー。ちゃんと見ててやらなきゃいけなかった。おれはあの子の守護天使だったんだから』って。おかしいんじゃないか」

「クリスったら！」

「だってそうだろ。天使なんていやしない。万が一いるとしても、この地球上にはいない。おれたちは、ただの人間だろ？　奇跡なんて起こせるわけがないんだ」

「でも、お父さんには親としての責任があったわけだから……、ずっと自分を責めていらしたのよ、きっと」

クリスは、ジェニーの横に落ちている手紙のことを考えた。とくに最後の、トッドも読まなかった部分を思いだしていた。――きみは天使たちとともにいて、わたしは地上にいることはわかっている。だが、ふたりとも死んでいるんだ、愛しい息子、わたしのマイケル。どうか――

手紙はそこで終わっていた。その次に父親がなんと書くつもりだったか、クリスには手に取るようにわかった。「わたしをゆるしてくれ」に決まっている。だが、父親は、そう書くことに耐えられなかったんだろうか？　それとも、書く前に意識を失った？

クリスがその手紙を財布に入れて持ち歩くようになったのは、六年生のときのことだった。ある夜に、父親がキッチンのテーブルで酔いつぶれているのを見た。父親はそこで、十三年前におぼれ死んだ息子に手紙を書いていたのだ。眠りこんでいる父親の肩ごしに手紙をのぞいて、「愛しいきみへ」という言葉を目にしたときの気持ちは、もうおぼえていない。どうしてとっさに、その手紙を自分のバスローブのポケットに入れたのかも、おぼえていない。父親は、朝、目ざめて手紙がなくなっているのに気づいたとき、どう思っただろうと、クリスはそのあと何度も考えた。あんな手紙を書いたことさえ、忘れてしまっていたのか？　それとも、天使たちが手紙を天国に運んで、小さなマイケルに手わたしてくれたとでも思ったんだろうか？　小さなマイケルは永遠に四歳のまま、五歳になる直前のままだ。そして永遠に、父親のお気に入りの息子なのだ。

「自分を責めてたから、どうだっていうんだ？」クリスは、目の高さにあるジェニーの両ひざを見てつづけた。「何も変わらないだろ。かわいそうに、マイケルは死んでしまった。それは動かしようのない、残酷な真実だ。そんなわけで、おれには兄貴がいたことはない。ほんとうの意味ではね。そして父親も、いることはいるけど、父親の抜け殻みたいなものなんだ。

けど、不幸はだれにだって起こる。起こったあとでなんだかんだ言ったって、しょうがないだろ？」

ジェニーは、答えようがない、というようにため息をついた。「で、これからどうする？わたし、もう少しここにいようか？」

クリスは首を横にふった。「できればひとりになりたい。悪く思わないでほしいんだけど……」

「わかった。気にしないで」とジェニー。「たまたまクレイグに会って、話を聞いたから……ちょっと心配になって来てみただけ。クリスさえだいじょうぶなら、いいの」

クリスはうなずいて、「だいじょうぶだよ」と言った。

「そっか。なら、帰るね」

ジェニーが去ったあと、クリスは立ちあがって、タンスの上の鏡に映った自分の顔をのぞきこんだ。そこには、昼間砂浜(すなはま)をはなれるときに、あの女の子の目の中にあったのと同じものが見えた。とらわれているやつが、出してくれと叫(さけ)んでいる。今度は、クリスにもはっきりわかっていた。これは夢じゃないと。

そのあと、クリスはビールを二、三本飲んで気持ちを落ち着かせてから、家を出て、キズミットのケリーの家に向かった。あの獣(けもの)が、待ちかまえていた。クリスには、自分の名を呼ぶ獣(けもの)の声が聞こえた。

「ミランダ！　どこへ行く？」ふたごの兄のエヴァリオ王子が叫んで、追ってきました。

ミランダは立ち止まって、王子を待ちました。そして、王子が追いつくと答えました。

「言ったでしょう、王宮で眠るわけにはいかないの。あの人たちが心配するから」

エヴァリオ王子はいらいらした口調になりました。「あの人たち、あの人たちって言うけど、どういう人たちなのか、話してくれないじゃないか」

「ごめんなさい、エヴァリオ。話せたらどんなにいいか……」

――でも、それは、
禁じられているの。

「ごめんなさい、エヴァリオ」ミランダはくり返しました。「わかってもらえないと思うけど、岸に流れ着いたときに助けてくれた人たちと、何年も前に約束したの。その人たちとずっといっしょにいるって。貧しい農家の人たちだから、わたしがいなくなったら、きっとものすごく悲しむわ」

「だけど、ミランダはもう、ぼくたちと会えたじゃないか」エヴァリオはたたみかけます。

「ミランダの家族は、ぼくたちなんだよ」

ミランダはだまってうなずきました。けれど、エヴァリオに、けだもののことは話せません。

ミランダはようやく言いました。「望みをすてないで、お兄さま。あの人たちにうまく話すようにしてみるわ。いつかはきっと、あの人たちのもとをはなれられると思う」

エヴァリオが帰っていったあと、ミランダはその場にすわりこんで泣きました。どうしたら、あのけだものから自由になれるというのでしょう？　今いる場所から抜けだす方法があるとは思えません。

そのとき、「だいじょうぶ？」という声が聞こえたのです。

ミランダは顔をあげました。すると、すぐそばに天使が立って、ミランダを見おろしているではありませんか。天使は言いました。

「わたしを恐れることはない。そなたを傷つけたりはしない。わたしを信じてくれるなら、そなたを助けよう。どうだね、わたしを信じるかね？」

「はい、信じます」ミランダは言いました。「でも、まだこわいのです」

天使はミランダのかたわらにひざまずくと、その手を取ろうとしました。ミランダは、はっと息をのみました。天使にふれられたら、どうなるのでしょう。しかし、やけどもしなければ、痛みも感じませんでした。驚いたことに、天使の手は、海の水と同じくらい、ひんやりしていたのです。

天使は言いました。「そなたには、いつもわたしが見えるとはかぎらない。だが、わたしはいつもそなたのそばにいる。必要なときには、かならず」

ありふれた貝殻（かいがら）、欠けた貝殻（かいがら）

エヴァンのママは泣いていた。声をあげて激しく泣いているわけではなかったが、エヴァンはどうしようもなく不安になって、声をかけた。

「ごめん、あんなこと言って」

けれども、ママは首を横にふって、「ちがうの、エヴァン」と言うばかりだ。

ふたりは一時間ほど前から砂浜（すなはま）を散歩して、貝殻（かいがら）をひろってはコーリーのプラスチックのバケツに入れていた。

今日、コーリーはサラの家に遊びにいっていた。パパは、何かが気がかりなようすで、朝一番のフェリーに乗って「本土」に出かけていた。「急な仕事」だと言っていたが、うそをついているのは見え見えだった。あまりに見え見えだったので、エヴァンはかえってあっさり受け入れ、責める気にもならなかった。

家にふたりだけになると、ママが「散歩に行きましょうよ」と声をかけてきた。エヴァンは、出かけてお友だちをつくってらっしゃい、と言われなかったので心底ほっとして、すぐいっしょに出かけた。

ふたりで歩きながら、エヴァンは横目でちらちらとママを見た。はじめは、ママがどんなようすか気になって見ていたのだが、やがて、ただママのことを見ていたくて見るようになった。

エヴァンは昔から、ママを見るのが好きだった。夏には、ママの顔は日ざしのせいでそばかすだらけになる。エヴァンは五歳のとき、ママの顔を小さな両手ではさんで、「そばかすのお庭」と言ったことがある。すると、ママが大きな声で笑いだしたので、エヴァンはびっくりしてわっと泣きだした。それを見てママも泣いてしまい、しばらくすると、ふたりともそんな自分たちがひどくおかしくて笑いころげ、笑いすぎて、また涙ぐむことになった。この出来事は、エヴァンにとってママとの最高の思い出で、夏にママの顔を見るたび、思いだす。そして、ママのことをますます、痛いほど好きだと感じるのだ。

今は八月で、今日はよく晴れている。エヴァンはママと砂浜を歩きながら、ママの「そばかすのお庭」みたいな顔のことを考え、ママを好きでたまらないというなつかしい痛みを感じていたが、同時に、パパを憎むという痛みも感じていた。その痛みは長くつづかなかったけれど、生々しく、深かった。この痛みの原因は、パパがママを愛さなくなったこと、エヴァンのようにママを痛いほど好きではなくなったことだった。

とにかく、エヴァンはそう思っていた。だから、さっきあんなことを言って、ママを泣かせてしまったのだ。

散歩のとちゅう、エヴァンはいきなり言った。「ぼくは一生結婚しない。結婚は永遠っていうけど、永遠につづくものなんて何もない。だとしたら、結婚する意味なんてある?」

すると、ママはとつぜん、息ができなくなったみたいにしゃがみこんでしまった。

「どうしたの?」エヴァンもとなりにしゃがんだ。「ぼくのせい? ぼく、そんなにひどいこと言った?」

ママは長いこと何も言わず、ただ涙を流し、首を横にふっていたが、やがて「ちがうの、エヴァン」とだけ言った。

ふたりは波打ちぎわにしゃがんでいた。カモメが一羽、顔を翼の下にうずめて、一本足で立って眠っている。それ以外、近くに生き物の気配はない。どんより曇っていて、冷たい風が吹いていたから、砂浜に出ている人はほとんどいなかった。ママは家を出るとき、肩に綿のショールをはおった。それは、エヴァンがニューヨークのメトロポリタン美術館のギフトショップで買って、ママの誕生日にプレゼントしたものだった。パパが買ってもいいよと言ったから買ったけれど、エヴァンもコーリーも、ふだんはそんなに高価なプレゼントを買ってはいけないことになっていた。ママはそのショールを受け取ると喜んで、すぐ肩にかけた。その後もよく使ってくれている。今、ママはそのショールを肩にきつく巻きつけていた。まるで、ものすごく強い風が吹いているみたいに。

ママは、エヴァンとのあいだの砂の上に置いてある、少しかしいだバケツに手を入れると、貝殻をひとつ取りだしてエヴァンに見せた。

「今年の夏は、こういう貝殻を集めてるの。なぜかわかる？」

エヴァンは、わからない、と首をふった。

「おぼえてる？　去年は、完璧なサンドダラー（大きなコインに似た貝殻。和名はスカシカシパン）だけを集めて、って言ってたでしょ？」

エヴァンはうなずいた。家のバスルームのバスケットに入っている、たくさんのサンドダラーの貝殻が目にうかぶ。去年の夏、ママのために何時間もかけて、コーリーといっしょにさがし集めたものだ。大きくてきれいなサンドダラーをママにプレゼントできたときは、すごく得意でわくわくしたっけ……。

ふいに、エヴァンは思いだした。毎年、夏の休暇（きゅうか）の最初の日に、ママはふたりに何を集めてほしいか言った。去年はサンドダラーで、その前の年はペリウィンクル（丸みのある巻貝の一種。和名はタマキビガイ）、その前の年はマーメイズパース（財布のような形をした、サメやエイの卵殻）だった。でも今年、ママはふたりに何を集めてほしいか、言わなかった。そして今、ママが手にしているのは、そこらじゅうにころがっているような巻貝で、しかも欠けていた。

「そんなの集めてどうするの？」エヴァンはたずねた。「欠けてるよ」

「だからいいのよ。欠けていて、完璧（かんぺき）でないから。欠けているけど、きれいでしょ。そう思わない？」

「……あんまり」

ママはほほえんだ。「若いうちは、完璧（かんぺき）でないものなんてほしくないのよね、どこか悪いところがあるって思うから」

「そういえばコーリーは、果物や野菜に茶色いしみがあると、絶対食べないね」エヴァンは言った。

「あなただってそうだったわ」とママ。

「うそだ」

「ほんとうよ。みんなそうなの。はじめはみんな、完璧なものがあると信じていて、そうでないものでがまんできるのは、どこかおかしい人だけと思っているのよ。まず、茶色いしみのある食べ物をいやがって、次には自分自身を嫌うようになるの。だって、だれにだって『茶色いしみ』があるから。ほくろがあるとか、耳が大きすぎるとか、足が細すぎるとか、欠点があるから」

　ママはエヴァンに話しているというより、ひとりごとを言っているみたいだった。エヴァンはますます不安になった。ママは話しつづける。

「未来を思いえがくときには、つい、雑誌や映画の場面をもとにしちゃうのよね。きれいな部屋に、完璧な家族。ワックスをかけたての床みたいに、ぴかぴかの幸せ。そこに幸せな主婦が立って、床に映る自分の姿をうっとりながめてるような……。そして大人になっても、自分たちには完璧なものを手に入れる権利がある、という思いをすてきれないの」

　ママはそこまで言うとだまりこんだ。カモメが羽にうずめていた顔をあげて、そばにしゃがんでいるふたりの人間を見てから、目をしばたたき、あくびをした。くちばしの中に、羽がたくさんつまっている。

エヴァンは声をあげて笑った。「バカな鳥だなあ。口に羽がつまってるのに気づかないなんて」

ママも笑いながら言った。「気にしてないだけよ。気づかないのと気にしないのとでは、ぜんぜんちがうわ」

ママは手にした貝殻を持ちなおした。「とにかく、何が言いたいかというとね、パパとわたしはこのところ、つらい思いをして……ただ……ごめんね、くわしいことは話せないの」

「それはずるいよ」エヴァンは言い返した。

「でも、そうなのよ、エヴァン。ずるいかもしれない。でも、わたしたちふたりの問題だから――大人のね。悪いけど、そういうものなの。とにかく大事なのは……、あら、なんだったかしら？　ああ、貝殻の話ね。つまり、わたしが完璧だと思ってたものはこわれてしまったから、今ここにあるものを美しいと思うしかないの。今まであったものではなくてね。この貝殻も同じ。これが欠けてなければいいのにって思いつづけて、欠けてなければどんな形だったかしらと想像することもできるけど、そう考えるのはやめて、今ここにある、ありのままの姿も美しいんだって思うこともできる。ほんとうに美しいわ。とにかく、わたしには……わたしの目には美しく見えるの」

「わからないよ」とエヴァン。

「そうよね。あなたはまだ十三歳だもの。今はわからないと思う。ただ、ひとつだけわかってほしいのは、パパとわたしはまだ愛しあっていて、離婚するつもりなんてないってこと。いい？」

「離婚なんて、だれも言ってないよ。それに、ぼくはもう十四歳だし」

「永遠につづくものは何もない、なんて、思ってほしくないの。それと、結婚しないほうがいいなんてことも。わたしとパパを見て、そんなふうに思わないでほしいの。わたしたちはだいじょうぶだから。わかった？」

エヴァンは平たい小石をひろって海に投げ、打ち寄せる波に向かって水切りしようとした。でも、時間をかせいでいるだけだとわかっていた。エヴァンはママに向きなおって、たのんだ。

「今言ったこと、コーリーにも言ってあげてくれない？　あいつ、心配してるから。毎晩こわい夢をみて、ぼくの部屋に来るんだ」

「どうしてわたしのところに来ないのかしら？」

エヴァンは答えなかった。なぜなのか、わからなかったから。

ふたりは家に向かって歩きだし、エヴァンはママの手を取った。そしてはじめて、自分の手よりもずっと小さいことに気づいた。うれしくなったけれど、同時に、悲しくもなった。

前を見ると、砂浜から道路にあがる階段のいちばん上に、あの「見張り」の女の子が腰かけていた。体をこちらに向けている。

「あの子、とてもさびしそうね。いつも気になってるの。気にならない？」ママが言った。

エヴァンは肩をすくめて、「べつに」と答えた。

「そう」ママががっかりしたのが、声の調子でわかった。ママはつづけた。

「毎日、砂浜でひとりですごしてる子を見て、気にならないなんてことがある？　まわりにたくさん人がいるのに、自分ひとりの小さな世界にとじこもっているのよ。いつも何を考えているのかしら？」

「自分はほかのみんなよりもえらいって、思ってるんだよ」

「まさか」ママはエヴァンの手をきつくにぎった。「あの子が何を考えてるか、わたしにもわからないけど、これだけは言えるわ。自分がほかのみんなよりえらいなんてこと、思ってない。もう一度、あの子をよく見て。しっかり見て。何が見える？」

「わからないよ。ただの女の子に見える。ママには何が見えるの？」

「欠けた貝殻（かいがら）よ」ママは言った。

ふたりが近づいていくと、女の子はうつむいた。髪（かみ）がたれかかって顔がかくれ、まるで幕が引かれたように見えた。

天使が、いつもそばにいると約束してくれたので、ミランダは勇気がわいて、ある計画を思いつきました。王冠を盗んで、あのけだものにあたえ、かわりに自由にしてもらおう、と考えたのです。ほんとうのお父さんから盗むなんて、できればしたくありませんが、自由になってから真実を話せば、きっとゆるしてもらえるでしょう。けだものは欲が深いので、まばゆい金に色とりどりの宝石がうめこまれた王冠を見たら、態度を変えるにちがいありません。

ところが、ミランダは知らなかったのですが、王子と王妃もまた、ある計画を立てていたのです。

王妃は波打ちぎわを歩きながら、かたわらを歩くエヴァリオ王子に命じました。

「ミランダのあとをつけていってちょうだい。かわいそうに、あの子はわたしたちにかくし事をしているわ。それがなんなのか、つきとめなくては」

エヴァリオ王子は言いました。「しかし、母上、そんなことをして、ミランダの身に危険がおよんだらどうします？」

「心配はいりません。あの子のことは天使が見守っています。そして、わが息子よ、あなたにはこれを……」

王妃(おうひ)は肩(かた)にかけていたショールをはずして、王子にわたしました。

「この魔法(まほう)の布が、あなたの身を守ってくれます。これさえはおっていれば、危害をくわえられることはありません」

そしてマーガレット

ただなかに。

その言葉がマーガレットの心をとらえ、とりこにした。言葉を愛する者には、ときどきそんなことが起こる。マーガレットは、「ただなかに」という言葉そのものに魅(み)せられただけでなく、自分がその言葉を思いつき、その言葉を使って頭の中で文をつづったことにうっとりしてしまい、腰(こし)かけたまま動けないような気がした。

わたしは今、あの人たちの持ち物の、ただなかにいる。

なんて文学的で古めかしい言葉。なぜ、こんな言葉をふいに思いついたのかな？

何言ってるの。マーガレットは自分に言った。あんたの頭は、あんた以外だれも使わない言葉が集まるのにぴったりの場所でしょ。

あんたの頭は、使われない言葉がつまった段ボール箱みたいなところなんだから。

そのとき、一メートルもはなれていないところで電話が鳴りだし、マーガレットはびくっとした。ふりむいて、自分がすわっていたベッドのはしにできたくぼみを見つめる。絵本の『三びきのくま』（女の子が森でだれもいない家を見つけ、くまの家とは知らずにしのびこむという英国の昔話）みたい、と思った。そのあいだも電話は鳴りつづけていたが、立ったまま身動きできずにいた。電話に出たとたん、だれかがどこからともなくあらわれ、家の中に侵入者がいることに気づくかもしれない。

侵入者——それは、マーガレット。

わたしはここで何をしてるの？

電話がようやく鳴りやんだ。

あらためて周囲を見まわす。見知らぬ家の、見知らぬ部屋に立っている。あの人たちの持ち物の、ただなかに。

こんなことをしたのは、生まれてはじめて。

でも、そんなに悪いことじゃない。ちょっと見てるだけだもの。

ちょっと見てるだけなんです。だれかが部屋に入ってきて、見つかったとき、自分がそう言っているところを想像してみる。ちょっと見てるだけなんです——。お店の中を見てまわっているとき、口にする言葉。

でも、ここはお店ではなく、よその家だ。

こんなことをしたのは、はじめて。

わたしはここで何をしてるの？　そう自分に問いただす。

この島では、みんな、めったに玄関に鍵をかけない。住人が砂浜に行ってしまうと、家は空っぽになり、だれでも入れる。みんな、よく言っている。「びっくりよね、空き巣ねらいに入られることはほとんどないんだから」たまにちょっとした盗みはあるけれど、キッチンのカウンターに置いてあった一ドル札が二、三枚なくなるくらいで、それ以上の盗みは起こらない。ほとんど起こったことがない。

わたしは何かを盗みにきたわけじゃない。見てるだけ。ただ、見たくて……。

自分が作ったくぼみのすぐそばに、ショールが置いてあった。きのう砂浜で、この家のお母さんがはおっていたものだ。

ショールを手に取り、腕をのばして、目の前にかざす。……ちょっと見てるだけ。顔に近づけて、風と、潮と、お母さんのにおいを吸いこんだ。

それから、ショールを肩にかけて、ゆっくりと部屋を歩きまわり、いろんなものを見たり、さわったりした。

メガネ。

スプレー式の点鼻薬。

ヘアブラシ。

ヘアブラシにからまっていた髪の毛を二、三本取って、手のひらにのせ、見つめる。

赤っぽい茶色。お母さんの髪の毛だ。

赤褐色の髪。

シアサッカー（表面にこまかいしわのある、さらりとした生地）のバスローブが、椅子にむぞうさにかけてある。

シアサッカー。

ベッドの横の床には、本が何冊も積んである。かがんで一冊ずつ手に取ってみたけれど、そのたび、下の本にどんな角度で重ねてあったか、おぼえておくようにした。本にさわったことを、だれにも気づかれてはいけない。『三びきのくま』の女の子がここにいたことに、気づかれてはならない。

また電話が鳴った。

「あら！」劇の登場人物みたいに叫んでみる。五分もあけずにまたかけてくるなんて、どれほど急ぎの用事なんだろう？　八月の午後、海辺の家の電話が五分おきに鳴るなんて、ふつうじゃない。何か重要な、いや、緊急の用事にちがいない。

バカみたいなことを考えてしまう。電話をかけてきたのは母さんで、もし出たら、「マーガレット、そんなところで何してるの？」ときかれるのでは？　それとも、電話は父さんからで、「なぜ、毎日ひとりで出かけるんだ？」と、きかれるかもしれない。娘がよその家に入りこんで歩きまわっていると父さんが知ったら……。きっとこう言う。あとでおい、仕置きをするぞ。

でも、こんなことをしたのははじめてよ。なぜそんな気になったのか自分でもわからないけど、どうしても見たかったの。気になったの。砂浜でこの家の人たちを見かけて、どうしてもおうちの中が見たくなったの。

それじゃきくが、いったい何を見たかったというんだ？　父さんの声が頭の中にひびく。

マーガレットは受話器を取った。

「カレンかい？」

男の人の声がきいた。

「カレン？　もしもし？　コーリー？　エヴァンなのか？」

それは、マーガレットの父親の声ではなかった。男の人だったけれど、ちがう人。あたりまえだ。ここにいることを、父さんが知っているはずがない。

あわてて受話器を置いた。

わたし、なんてことをしたんだろう。今、ここにだれかがいるってことが、この家の人たちに知られてしまう。

出ていかなければ。早く、見つからないうちに。

でも……二階はどんな感じなんだろう？　子どもたちの部屋がどうしても見たい。あの男の子と、小さな妹の部屋。ふたりの部屋はきっと二階だ。どうしても見たい。だけど、もし、だれかが帰ってきたら？　もし、見つかったら、なんて言えばいい？

トイレを借りたかったんです。ごめんなさい、よそのおうちに入ったりして。でも、吐きそうで。早くトイレに行かないと、まにあわないと思って……。

それがいい。

あと、きかれたら、こう言えばいい。電話が鳴ったので、何も考えずに出てしまいました。ちょっとあわててしまって……。受話器を取ったけど、何も言いませんでした。ごめんなさい。お願いです、わたしがここに来てたこと、両親には言わないでください。何もこわしたりしてません。盗んだりもしてません。トイレを借りたかっただけなんです。吐きそうで……。そしたら、電話が鳴ったんです……。

マーガレットは今、あの小さな女の子の部屋にいて、額に入った写真を手にしていた。階段をのぼったことは、よくおぼえていない。ベッドには腰かけなかった。もう、くぼみを残したくなかったから。

そういえば、一階のお父さんとお母さんの部屋のベッドにつくってしまったくぼみを、なでて平らにした？　考えなきゃいけないことが多すぎる。こんなことをしたのははじめてだから。

どうして電話を取ったりしたんだろう？

でも、そんなことはどうでもいい。たいしたことじゃない。大事なのはこの写真。この写真のために、わたしはここに来たんだ。さっきまで、どうしてここに来たのかわからなかったけど、やっとわかった……。

これが、うちの家族。わたしが撮ったから、わたしは写ってないの。砂浜で撮ったのよ。うちの家族はみんなこの砂浜が大好きで、毎年、夏にはまるまる一カ月、家を借りるの。これがお父さん。画家なの。有名だから、あなたも名前を聞いたことがあるかも。絵に興味があればだけど。これがお母さん。きれいでしょ？　昔、バレリーナだったんだ。わたしたちを産んだあと、やめたの。でも、少しも後悔してないって、お母さんは言ってる。母親という仕事が大好きなの、世界でいちばんすてきな仕事だから、って。男の人は母親になることができないから気の毒ね、最高の仕事なのに、って。

これが、兄さんのエヴァン。かっこいいでしょ。エヴァンとは、小さいときからずっと仲がいいの。泳ぎを教えてくれたのもエヴァン。いっしょにシュノーケリングに行ったりするの。シュノーケリング、できる？　エヴァンとわたしは得意よ。休暇に家族でカリブ海に行ったときに、おぼえたの。すごくきれいなお魚を見たわ。ほんとうにあざやかな色をしてるの。エヴァンとわたし、イルカといっしょに泳いだりもしたんだ。

そして、この子が妹のコーリー。かわいいでしょ？　砂浜で、エヴァンとわたしで人魚にしてあげると、すごく喜ぶの。この写真を撮った夏には、凧あげも教えてあげた。コーリーもわたしもお菓子づくりが好きだから、毎年バレンタインデーには、ふたりでお父さんとお母さんに、ハート形のケーキを焼いてあげるの。アイシングでピンクと白のバラを作って、「お父さん、お母さん、大好き」っていう文字も入れて、きれいに飾る。コーリーとエヴァンとわたしで――

また電話が鳴った。三度目だ。マーガレットは、ショールを肩にかけて写真を手にしたまま、階段をかけおりて、その家を飛びだした。ポーチに置いてある凧がふと目に入って、それもつかんだ。前に、あの男の子が妹とあげていた凧だ。

けれども、自分の家に近づくころには、後悔していた。凧を持ってくるなんて、バカなことをした。だれにも見られなくて、よかった。これは、自分の家のポーチの下にかくしておくしかない。永遠に。

自分の部屋に入ると、持ってきてしまったショールをきれいにたたんで、額入りの写真といっしょに、ベッドのマットレスの下にかくした。

その夜遅く、両親が眠ったころを見はからって、写真を額から取りだした。写真の裏には、こう書いてあった。

「ソルテアにて。カレン、ジェフリー、エヴァン、コーリー」

日付は、一年前の八月だ。

すぐに作業に取りかかった。必要なものはすべて、あらかじめベッドカバーの下にかくしてある。キッチンの引出しからこっそり持ちだした懐中電灯に、はさみ、テープ。そして、その日の午後遅く、母親が散歩に出かけたすきに財布からくすねておいた、自分のスナップ写真。笑っている写真ならよかったのだけれど……カメラに向かって笑ったのがいつだったか、思いだせない。学校で撮った写真も、むすっとした表情をしている。それじゃだめだ。でもこのスナップ写真は学校で撮ったものじゃないし、Tシャツ姿で写っている。水着姿ならもっといいけど、Tシャツでもおかしくはないはず。

慎重に、音をほとんどたてず（さっき、はさみに油を一滴たらしておいたから）、スナップ写真の背景を切り落としていく。最後には自分の顔だけが手の中に残った。自分だけが。

わたしひとり。まわりには何もない。空気さえもない。

切り抜いた自分の顔をいったん置いて、盗んできた家族写真を手に取ると、はさみの刃のとがっている先を、まっすぐエヴァンの左肩の上につきさした。それから肩にそって切りこみを入れ、首のカーブにそって上へ切っていき……。

上へ、上へ。ゆっくり、慎重に……エヴァンの顔を切ってしまわないように。そう、その調子。頬にそって切ったら、次は耳。耳を切り落としちゃだめ。画家のフィンセント・ファン・ゴッホ（オランダの十九世紀の画家。画家のゴーギャンと口論のすえ、自分の耳を切り落とした）みたいになったら大変。もう一度エヴァンの肩の上にはさみを入れ、下へ切っていく。コーリーの肩にぶつかったら、今度は首にそって慎重に、それから顔にそってゆっくり上へ。まん中へんでストップ。

そのあと、どこをどのくらい切ればいいかは正確にわかっていた。小さな穴があいたところに、さっき切り抜いた自分の顔写真をはめこんでみる。ほら、ぴったり合う。家族写真に完全にとけこんでいる。

穴の裏側にテープをはって、自分の顔写真をはめこんだ。写真を持った手をまっすぐ前にのばし、横目で見れば……。

うん、ほんのちょっと横目で見れば……。

自分が、ほんとうにこの家族の一員みたいに見える。ずっとその写真の一部だったみたいに。

これが、わたしの家族。わたしと、兄さんのエヴァンと、妹のコーリー。みんなが言うの。コーリーとわたしは似てる、って。でもそれは、わたしたちふたりがお母さんに似てるからじゃないかな？　わたしもコーリーも、お母さんに似てると思わない？

写真をまた額に入れる前に（額のガラスで、切り貼りをした部分が平らになって、ほとんど目立たなくなるはず）、そしてそれをまたマットレスの下に、懐中電灯やはさみやテープやきちんとたたんだショールといっしょにかくす前に、あとひとつだけ、やっておくことがあった。

写真の裏に「そしてマーガレット」と書きくわえたのだ。

「ソルテアにて。カレン、ジェフリー、エヴァン、コーリー、そしてマーガレット」

ミランダはうれしくてたまりません！　計画がうまくいったのです！　けだものは王冠（おうかん）を受け取り、かわりに、ミランダを自由にしてくれたのです！

「これからはずっと、いっしょにいられるわ」ミランダは、ほんとうの家族にすべてを打ち明けたあと、言いました。

「ああ、ミランダ、なんてかわいそうな目にあったの」王妃（おうひ）は頬（ほお）をつたう涙（なみだ）をぬぐいました。「何年ものあいだ、残酷（ざんこく）なけだものにとらわれていたなんて……。なぜわたしたちに相談してくれなかったの？」

「あのけだものはすごく凶暴（きょうぼう）だから、みんなをおそうんじゃないかと心配だったの」

エヴァリオが言いました。「夜、きみのあとを追ってみたことがあるんだ。だけど、とても足が速くて、追いつけなかった」

「もういいの」ミランダはにっこりほほえみました。「ようやく、いっしょになれたんですもの。もう何も――」

ところが、あのけだものが！　憎いけだものが！

殺してしまった、わたしの――

ミランダの家族を。けだものは、夜中におそってきて、みな殺しにしたのです！

そして、ミランダをふたたびとじこめ、言いわたしたのです！

また逃げようとしたら、おまえも殺す！　おまえの家族を引きさいたように、おまえの手足を引きさいてやる！　おれにまさる力を持つ者など、ひとりもいないのだ!!

ああ、天使よ、
助けにきて。

中心は持ちこたえられない

何もかもがばらばらになってしまう。

エヴァンはそう感じていた。

世界全体がおかしくなっている。いや、おかしくなっているのは、自分のまわりの小さな世界だけ？　よくわからない。わかっているのは、何もかもが以前とはちがってしまい、さかさまになってしまったみたいに思える、ということだ。

八年生のとき教わった詩に、こんな一節があった。「ものみなばらばらになり、中心は持ちこたえられない」（十九～二十世紀のアイルランドの詩人、ウィリアム・バトラー・イェイツの、「再来」という詩の一節）。この部分が頭からはなれないのだ。理由はわかっている。授業でこの詩を勉強したすぐあとの土曜日に、コーリーとふたり、コネティカット（アメリカ北東部の州。ニューヨーク州の東側に位置する）の叔母さん夫婦の家に行かされた。

そして、日曜の午後遅く、家にもどると、パパもママもすっかり変わってしまっていて、それ以来、ふたりの部屋のドアはとざされ、何があったのか知らされずにすごしているのだ。

ものみなばらばらになり……。

時刻は午前十一時。エヴァンはひとりで砂浜に来ていた。コーリーはまだ眠っているし、ママも、コーリーひとりを家に残すのをためらった。ゆうべ、コーリーはほとんど眠っていなかった。あの家族写真がないと眠れない、と言って……。ママはコーリーをひざに抱き、髪をなでながら言い聞かせた。あれはただのスナップ写真よ、家に帰れば、きっとネガがあるわ。それに、家族は今までと変わらない、パパとママは離婚なんかしないから、と。コーリーは泣きながら、「……わかった」と言った。

しかし夜中に、コーリーはまたエヴァンの部屋にやってきた。

「こわい夢、みちゃった。あの、悲しい音楽が流れてるおうちの夢。ほら、先週見たでしょ？　お兄ちゃんとあたしとサラで、自転車で出かけたとき」

「うん」

「あたし、あのおうちにいたの、夢の中で。ほんとにあのおうちか、よくわかんないけど。

だって、あのおうちに入ったことはないから、中がどうなってるか知らないし。でも、夢の中でそう思ったの」

エヴァンが、わかるよ、と言うと、コーリーは話をつづけた。

「それでね、あたしはあのおうちの中にいたの。暗くて、悲しい音楽が流れてた。だれかが死んだみたいに。あたし、ひとりぼっちで、お部屋を見てまわったけど、やっぱりだれもいなかった。そしたら、どんどんこわくなったの。それで、最後のドアのところまで行ったら、歌う声が聞こえてきたの。おぼえてる？　あのとき、女の人が歌ってたでしょ？　同じ声が、ドアのむこうから聞こえてきたの。それで、ドアに近づいて、あけたら、歌声が泣き声に変わって……そこで目がさめたの」

エヴァンは、明け方、四時を過ぎたころにようやく眠ったが、その直前まで、まだ目をさましているようなコーリーの息づかいが聞こえていた。コーリーが、ひょっとしたら寝言かもしれないが、「エヴァン、あたしの願い事、わかる？」と言ったのはおぼえている。けど、その先はおぼえていない。コーリーはいつのまにか自分のベッドにもどったらしく、朝、エヴァンが目ざめたときには、いなくなっていた。

ポーチに出ると、ママがコーヒーのマグカップを手にロッキングチェアをゆらしながら、おはようのかわりに言った。「写真のほかに、わたしのショールもなくなっているのよ」

エヴァンもママにたずねた。「凧を知らない？」きのう、ロッキングチェアに立てかけておいたのだ。

「いいえ。……警察に電話したほうがよさそうね」とママ。

エヴァンには、写真やショールや凧をだれが盗んだのか、見当がついていた。だから「ぼくにまかせて」とママに言った。心の中で、「すごく臆病な連中のひとり」になんかならないぞ、と思っていた。ママも、なぜかエヴァンの言うことを聞き入れてくれた。

エヴァンはシェーンがいるだろうと思って砂浜に行ったが、姿が見えなくて、正直、ほっとした。シェーンに会ったらなんと言うか、考える時間ができた。

返せよ、シェーン。「ちょっとしたスリル」は、もう味わっただろ。早く返せ！　さもないと……ぶん殴るぞ。いいか、シェーン、本気だからな。そっちのほうが強くたって、仲間がいたって、かまやしない。妹や母親を傷つけられて、だまってるわけにはいかないんだ。妹や母親のものをとるな。凧はいい、あんなのくれてやる。けど、ほかのものは返せ。さあ早く！　今すぐ返せよ、シェーン、さもないと……。

エヴァンは監視塔を見た。これで十回目くらいだ。だが、やはりクリスはいなかった。

今日は絶対、いてほしいのに。

お願いだ、クリス、どうしたらヒーローになれるのか教えてよ。

しかし、クリスはどこにもいなかった。そういえば「見張り」の女の子もいないな、とエヴァンは思った。

みんな、どこにいるんだろう？

みんな、病気にでもなったのか？

なあ、クリス！

「見張り」のきみ！

パパ！

そう、パパもいなくなっていた。いつ、こっちにもどってくるかも言わずに、「本土」の家に帰ると言って出かけていった。休暇（きゅうか）はあと一週間しかないっていうのに。ママはずっと同じことを言っている。――すべてうまくいくわ、パパとママは愛しあっているのよ、ごめんね、大人の問題だから、くわしくは話せないけれど、離婚（りこん）なんてしないし、すべてうまくいくわ、と。

「なんとなくわかった」とコーリーは言っていた。

シェーンのやつ、うちの家族のものを盗んだ。ずうずうしく家に入ってきて、いろんなものを盗み、パパからの電話にまで出た。

頭がおかしいぞ。

おい、シェーン……。

けど、なんて言えばいい？

考えていると、吐き気がこみあげてきた。シェーンが「ボーイズ・イン・ブラック」といっしょにいるところが、映画のワンシーンみたいに頭にうかぶ。ただ困ったことに、エヴァンはキックボクサーでも空手家でも早撃ちのガンマンでもないから、悪者どもをひとりでやっつけることはできない。

シェーンの家に行ってみよう。運がよければ、家にいるかもしれない。一対一なら、まだ望みはある。シェーンは盗んだものを家に置いていて、意外とすんなり返してよこして、こう言うかもしれない。

「そう怒るなって。ちょっとしたいたずらだよ。機嫌直せよ」

エヴァンはまた、監視塔を見た。ジェニーという女のライフガードが腰かけているけれど、となりにいるのはクリスじゃない。エヴァンはクリスと話したかった。クリスなら、どうすればいいか教えてくれそうな気がした。

いつのまにか、エヴァンは監視塔のすぐ下で、ライフガードたちを見あげたり、うつむいて砂浜を見つめたりしていた。思いきって声をかける。

「あの、すいません」

「え？　何か言った？」と、ジェニー。

エヴァンは顔をあげて、はっきりときいた。

「あの、もうひとりのライフガードの人、どこにいるか知りませんか？　あの、いつもとなりにいる……」

「クリスのこと？」

「……たぶん」エヴァンは、名前をちゃんと知ってるくせに、そんな返事をした自分がいやになった。シェーンに、知っていながら名前をたずねたときと同じだ。

「クリスはもういないのよ」ジェニーが言った。

「どこに行ったんですか？」エヴァンはきき返した。ジェニーの言っている意味をわかりたくなかった。

「実家に帰ったのよ」

「実家に？」エヴァンはおうむ返しに言った。

「何か困ったことでも？」もうひとりの、男のライフガードがきいてきた。

「いえ」

「クリスと話したいの？」とジェニー。

「いえ。いや、そうだけど、いいんです。だいじょうぶです」

エヴァンが歩きだしたとき、ジェニーの声が飛んできた。

「まだ島にいるかもよ。たしか、一時のフェリーに乗るって言ってたから。もし大事な話なら……」

エヴァンはふり返って、ジェニーを見た。エヴァンの表情がせっぱつまっていたのだろう、ジェニーは返事を待たずに言った。「クリスが住んでるのは、ネプチューン通りの家よ。入り江から二軒目」

ひとつだけ、現実的な願いを

「母さん、たのむからやめてくれない？　さっきも言ったけど、ここではもう必要とされてないし……え？　……だから、シーズンも終わるし……投げだしてないって。おれがいつ仕事を投げだした？」

クリスは、マットレスがむきだしになったベッドのはしに腰かけて、両足を上下にゆすりながら、なんで家になんか電話する気になったんだろうと考えていた。たぶん、そうするべきだと思ったのだ。ほかに行くところもないし、家に帰るなら、いきなりあらわれるより、予告しておいたほうがいいと。だが、ほんとうにそのほうがよかったのか、今はわからなくなっていた。

「あのさ、大学のことをぐだぐだ言うのはもうやめてくれない？　……え？　……口出しするのはこっちがでたらめ言うからだって？　そりゃないだろ……はあ？　……わかんない……そうだよ。カリフォルニアに行くかどうかはわかんない。もう少し時間が……ぶらぶらしてるつもりはないよ。おれだって、ちゃんとしたいと思って……父さんと働く？　それはないな……あのさ、父さんだっておれと働きたくなんかないって。あの人、おれになんて言ったと思う？　……ちょ、ちょっと、口はさまないで、最後まで言わせてよ……ディラニーさんちの仕事を手伝おうとしたとき、あの人になんて言われたと思う？　おまえは手先が不器用だ、だってさ。上等だろ？　おれ、そこまで言われる必要ある？　……ああ、また……父さんの肩持つの、やめてくれない？　勘弁してよ、まったく」

　キッチンでタイマーが鳴りだした。

「もう切るよ」クリスは電話に向かって言った。「じゃ、夕食のときに……べつに会話から逃げたりしてないだろ。何それ、その言いまわし、どこでおぼえたの？　トーク番組の見過ぎだよ……オーブンから料理を出さなきゃなんないの、わかった？　……そう、料理くらいできます。自分のめんどうくらい見られます……はいはい、冷凍食品ですよ。だから何？　マジでもう……うん、わかった、こっちも。六時ごろには帰るから……え？　……もちろん、父さんに言っていいに決まってるだろ？　まあ、べつに喜びはしないだろうけど……うん、こっちだってもう切らないと……わかった……じゃ、あとで、はい」

クリスは電話を切ると、ゆっくり十数えた。そうしなければ、大声でわめくか、何か投げてこわすかしてしまっただろう。ようやくキッチンに行ったときには、チキンポットパイが容器のふちからあふれて、オーブン皿がべとべとになっていた。

「あらら、知ーらね」クリスはそう言って、タイマーのスイッチを切った。

ぐつぐついっているパイがさめるまでのあいだに、缶ビールをあけた。なんでおれは家になんか帰ろうとしてるんだろう、と考える。もはや、あそこが家だとも思えない。あんなのが家であってほしくない。だけどいちばんの問題は、自分でもいったい何をどうしたいのかわからない、ということだった。

いや、ひとつだけやりたいことがある。どうかしてると思うけど、ただひとつ、やりたいのは、兄貴のマイケルを救うことだ。十八歳の今の自分のまま、時をさかのぼって、マイケルが落ちたプールのそばに立つ。そしてマイケルがプールに落ちたら、自分も飛びこみ、マイケルを助け、父親の人生も救うのだ。

父親の人生も救う、とマイケルは頭の中でつぶやいた。

もしマイケルが生きていたら、当然、自分より年上だ。ひょっとしたら、もう結婚して、子どもだっているかも。そしたら自分は叔父さんで、父親はお祖父さんだ。

なのに、変だよな、ずっとマイケルのことは年下みたいに、弟みたいに思ってきた。なぜって、マイケルはずっと四歳のままだから。だけど、ほんとうはおれより年上なんだ。生きてたら、いろんなことを教えてもらえたかもしれない。今もここにいて、どうすればいいか、教えてくれたかもしれない。

クリスは、なぜライフガードの仕事をやめたのか、自分でもよくわからなかった。ただ、もうつづけられないと思ったのだ。もう、ライフガードはたくさんだ。だれかの命を救わなきゃいけない、自分にはそれができると証明しなきゃいけない、という義務感とプレッシャーが頭の中でごちゃまぜになって、きつくなったのかもしれない。いや、それよりも、自分ならしくじらないってことを証明したくてたまらなかったんだ。だけど、実際にそんなチャンスはなかなかめぐってこないから、頭の中で義務感とプレッシャーがどんどん高まったんだ。そして夜になるとますますパーティーでバカ騒ぎをし、昼間はますます二日酔いに苦しむことになった。あの獣にエネルギーを吸い取られて、ふらふらになって、ここから脱けださずにはいられなくなった。

荷造りに時間はかからなかった。パイを食べながら、ビールをもうひと缶飲んでも、フェリーの出発時刻までかなりある。みんなとの別れはもうすんでる。ゆうべ、ジェニーから「クリスにはがっかり」と言われて、「うせろ」と言い返した。今思えば、言いすぎたかもしれない。それでも、ジェニーは今朝やってきて、あやまってくれた。たしか……なんて言ってたっけ？　そうだ、クリスのことが心配だったのよ、と言ってた。

　クリスはいい子よ、とも言ってくれた。わたしが知ってるたいていの男の子よりもいろんなことを考えてるし、って。おれのこと、なんて呼んでたっけ？　……「黄金の心を持つ大男」だ。

　チキンがのどにひっかかった。くそっ。ジェニーはなんであんなこと言ったんだ？　おれの何が心配だって言うんだ？　今朝ジェニーに、会えなくなるとさびしいよ、と言った。口に出すとありきたりのあいさつみたいに聞こえたけど、それでもくり返した。

「いや、マジで、ジェニー、さびしくなるよ」

　ジェニーに恋をしてるとか、そういうんじゃない。ジェニーは、好みのタイプとは全然ちがう。だけど、あの監視塔の上で毎日何時間もいっしょにすごしてるうちに、ふたりのあいだには何か特別なものが生まれていた。少なくとも、クリスはそう感じた。そんなにたくさん話したわけでもない。ジェニーはもっと話したがってたようだけど、あまり話せなかったのは事実だ。でも、ジェニーのことをしだいに……なんだろう？　信頼？　そう、信頼するようになった。
「くそっ」クリスはパイの残りをゴミ箱にすてた。「信頼できる人が、ひとりもいなくなっちまった」

高校の最後の年に、スクールカウンセラーからきかれたことがある。
「ひとつだけ、人生を変えられるようなことができるとしたら、何をする？　ただし、現実にできることよ。魔法みたいなことではなくて」

クリスは、一時間にも思えるほどのあいだ、椅子に腰かけて考えていたが、結局、魔法みたいなことしか思いつかなかった。カウンセラーはとてもやさしいきれいな女の人で、名字が、偶然、子どものころ読んだ絵本に出てくる先生と同じ「フォックス」（アイリーン・スピネッリ作の絵本シリーズの主人公）だった。フォックス先生はクリスの手の甲にふれると、目をまっすぐ見て言った。「あなたはこの問いに答えなきゃいけないわ、クリス。あきらめないで、答えをさがしてね」

今年の夏、頭の中がぐじゃぐじゃなのは、フォックス先生のせいか？

いや、かんたんな質問に答えられなかったのは、フォックス先生のせいじゃない。

クリスは腕時計を見た。フェリーが出るまで、まだ一時間くらいある。ひまつぶしに散歩でもしようか。ずっとこの島にいたのに、散歩をしたことがない。ぶらぶら歩くためだけに出かけたことがないのだ。けど、今からだって遅くはない。散歩に行こう。それで、もし一時のフェリーをのがしても、三時のフェリーがあるし、五時半のもある。母親に電話して、遅くなるから起きて待ってなくてもいいよ、と父さんに伝えてもらおう。

ようするに、家に帰りたくない、それがクリスの本音だ。だが、ほかには、どこも行くあてがなかった。

悲しい音楽が流れる場所

エヴァンは、クリスの家に向かうとちゅうで気が変わった。なんとなく、そうなる予感はあった。正直、ずっとわかっていたのだ。クリスに助けを求めるなんてできっこないと。クリスに会ったらなんて言うか、考えてはみたが、思いつくたび、あまりに幼稚(ようち)っぽい気がした。さもなければ、相手が好きで、気をひこうとしてるみたいに思えた。

クリスが住んでいるというネプチューン通りに着いたが、エヴァンはほんの少し考えてから、また歩きだして、少しはなれたシェーンの家に向かった。

やあ、シェーン、調子はどう?

何か用? 名前、なんだっけ?

エヴァン。エヴァンだよ。一度いっしょに出かけたよね? ぼくにサングラスを万引きさせようとしただろ?

だから？

きみは盗むのが好きなんだってわかった。だから来たんだ。

なんだよ？　おまわりのつもりか？

エヴァンはにんまりして、テレビドラマの脚本でも書いてみようかな、とも思った。

だが、ふと不安になった。もし、シェーンが、盗んでない、と言ったら？　それか、シェーンのお母さんが家にいたら？　ああ、どうも、ナントカさん、おたくの息子さんが泥棒をしたので、つかまえにきました、とでも言う？

エヴァンは、もう少しで引き返しそうになった。けれども、コーリーのことを思いだし、ママのことも考えた。そして、どんなことになろうと、シェーンと対決しなければ、と思った。最悪、うそつき呼ばわりされるだろう。でもうまくいけば、盗まれたものを取り返して、ヒーローになれる。

シェーンの家の前に着くと、ブルーベリーの大きな茂みのかげに立って、五分ほどまよったあげく、エヴァンはやっと勇気をふるい起こして、計画どおり行動することにした。スロープをのぼり、玄関のドアをノックして、口をひらき、こう言うのだ。やあ、シェーン、ちょっと話がある。

ところが、ドアをノックしたところで、計画は打ち切りになった。

留守だったのだ。

エヴァンはちょっと待ってから、もう一度ノックして、さらに少し待った。

シェーンがいなくて、助かった。それから、シェーンが家にいると思うなんて、自分はどうかしてたんだと思った。

ぼくが来るのをじっと待ってるはず、ないじゃないか。よう、エヴァン、寄ってくれてありがとう。ほら、盗(ぬす)んだもの、返すよ。じゃあな、なんて言うわけがない。

エヴァンはまた歩きだした。シェーンにおどし文句(もんく)を言うことも、ヒーローになることもできなかった。これからどうしよう、と考えているとき、ふいに音楽が耳に飛びこんできた。女の人が歌っている。コーリーがこわい夢の話をしたときに言っていたように、まるでだれかが死んだみたいに、悲しそうな声で歌っている。

エヴァンは横断歩道にさしかかっていたが、その音楽のせいで立ち止まった。でも、音楽を聴(き)くために立ち止まった、というより、音楽が家の中から長い腕(うで)をのばしてきてエヴァンをぐいと引き寄せ、耳元で叫(さけ)んでいるみたいだった。

エヴァン、わたしはすごく悲しいの。わかる？　どんなに悲しいか。エヴァン、エヴァン、わたし泣いているの。胸がはりさけそう。悲しくて苦しくてたまらないの。
エヴァンはそこに立ちつくしていた。まるで夢の中みたいに、動けない。コーリーの夢の中にいるみたいだ。——家の中は暗く、コーリー以外だれもいなくて、ドアのむこうから歌声が聞こえてくるだけ。

そのとき、遠くに足音が聞こえた。見ると、だれかがこっちに向かって歩いてくる。それはクリスのように見えた。けど、そんなはずはない。クリスは本土の家に帰るんだから。いや、もう帰ってしまったかもしれない。

音楽に引き寄せられるように、エヴァンはゆっくりと通りを入り江のほうへ歩いていき、気がつくと、黒っぽい家の前に来ていた。音楽はここから聞こえてくる。枝がのびほうだいの背の低い木々と、びっしり生えたアシの茂みにうもれそうな家。流れている曲は、前に通りかかったときに聴いたのと同じオペラのようだ。曲は、むせび泣くように最高潮に達すると、これで目的ははたしたとでもいうように、ふいにやんだ。

入り江でベル・ブイ（浅瀬にうかべる、鐘のついた金属製の浮標。波が立つと鐘が鳴って、浅瀬があることを船に知らせる）がカランカランと鳴り、鳩が鳴き、あちこちで虫が羽音をたてはじめた。

と思ったとたん、また音楽が始まった。

そのとき、日の光を受けて、何かがきらっと光った。家の正面の、ポーチの床下だ。銀色、ターコイズブルー、そして目のさめるような黄色。

エヴァンはその場にしゃがみ、床下をのぞいた。ポーチの下に押しこまれているのは、あの凧だ！　胸がどきどきするのを感じながら、できるだけ音をたてないようにポーチの下にもぐり、手をのばして凧にふれた。やっぱりそうだ。パパが買ってきてくれた凧、あげていると、自分も飛んでるみたいに感じられた凧だ。

ふと、思いだした。ほかにも、この凧を見て、飛んでるみたいに感じていた子がいた。

……わかった。あの子が泥棒だ。うちにしのびこんだのは、あの子だったんだ。

そして、ここはあの子の家だ。この、悲しい音楽が流れているのは……。

エヴァンは慎重に、玄関につづくスロープをのぼり、ドアの横の窓に近づいた。中は暗く、少しするとようやく目が慣れた。

だが、目の前で起こっていることが理解できなかった。

そこはキッチンだった。

シンクの前に、ふたりいる。

ひとりは男。背が高く、ズボンをはいているが上半身ははだかだ。髪が肩まであり、腕が太く、胸が厚い。強そうだ。

そして、もうひとりは女の子。

男が女の子の頭をつかんで、水をたっぷりためたシンクに押しこんでいる。

そう、水の中に……。

エヴァンは考えた。きっと、あの人は女の子の髪を洗ってやってるんだ。だけど、蛇口から水は出ていない。シャンプーも見あたらない。ふたりとも動かない。女の子はみょうな角度でシンクにかがみこみ、顔を水にしずめ、両手は横にさがったままだ。男ののばした腕は、ぴくりとも動かない。恐ろしいほどの力を感じる。

エヴァンは考えた。女の子の髪を洗ってやってるんじゃないとしたら……。

ふいに、男が女の子の髪をわしづかみにしたと思うと、頑固な雑草でも引きぬくみたいに、女の子の顔を水の中から引きあげた。女の子は苦しそうにあえぎ、水を吐き、むせながら、「お願い、父さん」と言ったが、男は「まだ反省が足りないな」と言った。

キッチンのまん中のテーブルに、コーリーの大事な写真が置いてある。額がこわれ、ガラスが割れて、写真も破れている。

エヴァンが目をあげたと同時に、女の子が窓のほうを向き、エヴァンを見た。女の子の目は、流れている音楽と同じように、エヴァンに助けを求めていた。

男がまた、女の子の顔を水に押しこむ。女の子は両腕をばたつかせて、シンクのへりをつかみ、しがみついた。

エヴァンは全速力で走りだした。足が燃えるように熱くなった。

そして、天使が来た

今回はいつもとちがう。死んでしまう。顔を水に押しこまれて息がつまり、思わず口をあけると、水がどっと入ってきた。シンクの水の中で、おぼれ死ぬ……。最後に耳にするのは、あの音楽。あのドアのむこうからいつも聞こえている音楽。ドアのむこうには母さんがとじこもっている。とじこもっていれば、娘がされていることを、何も聞かず、知らずにいられるから。でも、今回はそれで終わりそうにない。自分は前からずっと悪い子で、いつも悪い子で、だから父さんがこういう罰をあたえるんだ。たしか、こう言っていた。マーガレット、また悪いことをしたな。マーガレット、お仕置きだ。

クローゼットにとじこめられたときは、まっ暗だった。それはおぼえているけど、とじこめられていたのが何時間だったか、何日だったかはおぼえていない。クローゼットの中は狭くて、すわれなくて、ずっと立っていた。でも、悪いことをしたのだから、しかたなかった。いつもそうだ。今回も。とくに今回は。これまでで最悪のことをしてくれたな、と言われた。今回は父さんをものすごく怒らせてしまった。だから、しかたない。苦しい、息ができない。でも、まだ顔を水から出してもらえそうにない。このままだと……。

お願い、窓の外の男の子、エヴァリオ王子、どうかわたしを見すてないで。父さんを止めて、止めて。

とつぜん、顔が水から出た。父さんに髪をつかまれている。痛みはがまんできる。痛さはなんでもない。息さえできればいい。マーガレットは、必死で空気を吸いこみ、せきこみ、つばを吐く。スポンジになったみたい。顔はびしょぬれ、水と涙とつばと鼻水でびしょぬれだ。わたしはスポンジで、父さんはスポンジに水を吸わせ、しぼりだし、また水を吸わせる。

「お願い、やめて」

父さんはわたしのことを愛している。いつだっておまえを愛していると言っていた。罰をあたえるのはおまえを愛しているからだと。おまえが悪いことをするからだと……。

窓を見るまもなく、また顔を水にしずめられた。あの男の子はまだ窓の外にいる？　砂に人魚のうろこを描くのが上手な子。王子。お兄さん。兄。

――これまで、どんなにひどい目にあったときも、どんなに悪いことをしたと言われたときも、これほどきつい罰を受けたことはなかった。冷たい水をためたバスタブにずっと入れられて、全身がまっ青になったこともあったけれど、あのときは罰が終わると、母さんが、ありったけのタオルや毛布でくるんでくれた。あのときだって死なずにすんだ。ぶたれても、殴られても、つねられても、生きのびてきた。でも、もうむり……ああ、なぜあの写真を、ショールを、父さんに見せたりしたんだろう？　父さんは写真を見たとたん、怒りくるった。

　父さんは言った。何が気に入らない？　父さんと母さんだけでは不満か？　毎日この人たちのところに行って、家族みたいにすごしていたのか？　うちのことで、どんなうそをついた？　父親にいじめられていると言ったのか？　おまえにはわかっているはずだ。父さんがおまえを愛していることも、おまえが悪い子だからこらしめることはあるが、愛するおまえをいい子にしたい一心なのだと……。これを見るんだ、マーガレット、この写真を……母さんは、財布に入れておいた写真をおまえに盗まれ、切りきざまれたと言ってるぞ。なんのためだ？　おまえの顔を、おまえとは縁のない、よその家族の中に入れるためか。この写真の家族が、おまえみたいな悪い子をほしがっていると思うか。

だけど、わたしはあの写真を絶対に父さんに見せていない。見せるはずがない。父さんが盗んだんだ。わたしがいないときに部屋に入って、あちこちさぐった……。そうにちがいない。だって、あの写真とショールはマットレスの下にかくしておいたんだから。でも、ノートが無事でよかった。父さんがとうてい思いつかない場所にかくしてあるから、読まれることはない。でも、父さんは部屋に入ってさがした。何を？　なんでもよかったんだ。わたしが父さんにかくしているものならなんでも。わたしは悪くない。悪いのは父さんだ。ずっと前からわかってた……何を？　わたしはずっと前から何をわかっていた？　何を？

そのとき、髪をぐいと引っぱられ、顔が水から出た。引っぱったのが父さんなのか、死に神なのかはわからない。部屋の中がぼんやりかすんで見える。マーガレットは叫び、すすり泣き、うわごとのように何かつぶやいた。何を言っているのか、自分でもわからない。横目で窓を見ると、あの男の子は姿を消していた。

すべての希望が……

消えた。

マーガレットはあまりにたくさんのことを同時に考えたので、まるでいろんな気持ちが別々の階にあって、心が制御のきかなくなったエレベーターみたいに、すごい勢いであがったりさがったりしているようだった。ドアがひらくたび、気持ちが入ってくるけれど、自分は出ていけない。

あの曲、いつも同じ、悲しい……

父さんの手……

窓の外の男の子はまぼろし？

わたしは悪い子？　ほんとに、わたしは……

頭が……

もしおぼれたら、もし死んだら……

あの曲、いつも同じ、悲しい……わたしのお葬式でも、母さんはあの曲を流すの？

お葬式はするのかな？　だれが来る？　わたしには友だちなんて……。

だれかが知ることはある？　ほんとうのことを、何があったのかを……。

ほんとうのことって何？

わたしは悪い子？

いいえ、ちがう……。

わたしはいい子、なのに、父さんは、おまえは悪い子だ、マーガレット、って……。

わたしたちの家で何をしているの？

悪気はなかったんです、見てただけです、吐きそうになって、トイレに行きたくて。

吐きそう。

「お願い、父さん、やめて」

いきなり顔を水に押しこまれたので、息を吸っておくひまがなく、たちまち苦しくなった。だから、たとえあとで、あとがあればの話だけれど、罰を受けてもかまわないと思い、ありったけの力を両の拳にこめて、めちゃくちゃにふりまわした。父親の体を力のかぎり殴った。自分が何をしているかなんて考えず、ただ生きのびよう、生きのびよう、生きのびようと……。

そして力つきると、天井にうかびあがった。そう、うかんで、いつものように見ていた。自分を、ううん、自分の体を。体を父さんに痛めつけられるたび、マーガレットはいつも体からはなれていた。苦痛からも、屈辱からも、憎しみ――そう、憎しみからも……。どこか安全な場所にいた。安全な場所さえ見つけられれば、耐えられる。どんなことにも耐えられる。天井にうかんで、見おろして、いつものように見ている。

ここは安全。マーガレットから、はなれているから。あれは、あのマーガレットという女の子に起こっていることで、わたしに起こっていることじゃない。わたしはここにいる。マーガレットというのは、あの人が痛めつけているあの体の名前にすぎない。

……でも、今はちがう。自分自身が生きのびようとしているのを見ながらも、わかっていた。自分が死んでいくのを見ているのだと。なぜなら、あの人はマーガレットを死なせるだろうから。今回は悪いことをしすぎた。だから、あのけだものはわたしを殺すだろう。

でも、そのとき声が聞こえた。

ほんと？　ほんとに聞こえた？

「やめろ！」とだれかが叫んだ。

そして、顔が水から引っぱりだされた。死にかけていた赤ん坊が、むりやり子宮から引きだされ、生まれ落ちる前に死ぬのをまぬがれたかのように。吐き気がこみあげ、あえぎながら水を吐きだした。鼻からも目からも水が流れだす。マーガレットは体じゅうで泣いていた。

もう、髪をつかまれていない。父さんははなれ、別のだれかが近づいてきた。マーガレットにはわかった。見えはしないが、それでもわかった。近づいてきたのは天使だ。それも、マーガレットがずっと見ていた天使だった。そして、天使の後ろにはエヴァリオ王子が、兄さんが、窓のむこうの男の子がいた。ふたりは来てくれたのだ。そう、ふたりはすぐそばにいる。マーガレットを死なせはしない。祈りが聞きとどけられた……。

天使は両腕でマーガレットの体を強く抱きしめ、ふるえがおさまるまで、ずっとそのままでいてくれた。天使の腕は海のにおいがした。マーガレットは、自分が天井からおりていくのがわかった。一枚の羽のように、軽やかに舞いおりて……。

「もうだいじょうぶだよ」天使が言った。その声が雲のように、純白の翼のようにマーガレットをつつみこむ。

そのとき、父さんの声がした。「娘をはなせ。さもないと警察を呼ぶぞ」

「呼んだらどうです?」天使が言い返す。「警察はきっと、ここで何が行われていたのか、知りたがるでしょうね」

父さんの顔は、大きな赤い傷のようだ。傷口は、薄い唇。それとも、父さんの顔は炎? 燃えてしまえ、とマーガレットは思う。めらめらと燃えて灰になってしまえば、掃いてすてられる。

マーガレットが見つめているのに気づくと、父さんは眉をひそめた。マーガレットは、顔をそむけた。すると、あの男の子が見えた。テーブルのむこう側に立ち、切りさかれた家族写真をじっと見おろしている。マーガレットはあやまりたかった。ごめんなさい、盗むつもりはなかったの、と。でも、できない。言葉が出てこない。どうしよう、すべて夢なのかもしれない。自分はもう死んでいて、夢を見ているのでは？　何か言ったら、夢は消えて、死んでしまうのでは？

そのとき、母さんがいるのに気づいた。となりの部屋のドアがあいていて、ドア口に母さんが立っている。音楽はまだ流れている。母さんの顔は、ぼんやりとしている。夢からさめたばかりか、それともまだ夢の中にいるみたいに。きっとマーガレット自身も同じ表情だろう。

「おまえらに何が証明できるというんだ」父さんがすごみをきかせて言った。「いきなり人の家に入ってきて、人のことを――」

「あなたを責めてはいません」天使が冷静に言った。

「あたりまえだ。首をつっこまないほうがいいぞ。おまえとおれの言い分が食いちがったとして、人はどっちを信じるだろうな？　おれはこの子の父親だぞ」

「だからって、何をしてもいいわけじゃない」男の子が言った。声はふるえているが、はっきりしていて、ガラスの破片のように鋭い口調だ。「ぼくは見たぞ。あの窓ごしに、あんたが何をしてるか見たんだ。それを警察に話す。クリスに話したように。あんたなんかこわくない」

父さんは男の子のほうに一歩ふみだしたが、足を止め、「ちょっと聞いてくれないか？」と言った。その顔は、もう燃えるように赤くはない。薄い唇を横にひろげてセールスマンみたいにほほえみ、まず男の子を、それから天使を見た。母さんが部屋から出てきたのには気づいていないようだ。

父さんはつづけて言った。「かんちがいをさせてしまったようだな。窓からのぞいたとき、何が見えた？　よく思いだしてみてくれ」

「あんたがこの子の顔を水に押しこんでるのが見えた」少年はマーガレットをさして言った。「クリスを連れてもどってきたときも、同じだった」

父さんはちょっと笑った。「そうだろう？　それだよ。それがかんちがいなんだ。うちの娘は泳ぐのをこわがっている。この夏、この子が海に入ってるところを見たことがあるかい？　ん？　どうだ？　ふたりとも」

父さんは返事を待った。やがて、ふたりともゆっくりと首を横にふった。

「それは、この子が泳ぐのをこわがっているからだ。で、この子はわたしに……言ったんだ。『父さん、わたし、おぼれるのがこわい。だから泳がないの。でも、父さんが息つぎのしかたを教えてくれたら、こわくなくなるかもしれない』とね。だから息つぎを教えていたんだよ。うそだと思うなら、この子にきいてくれ。いい子だから、正直に答えるさ。そうだな、マーガレット？　おまえはいい子だろう？」

マーガレットは、父さんの顔を見られなかった。見たら、ほんとうのことなんて絶対に言えなくなる。でも、もしほんとうのことを言ったら？　口をひらいて、ひと思いに真実を語ったら？　何もかも話したら――もう物語はいらなくなる。天使もけだものも人形も王子も消えて、真実が、真実だけが残る……。

父さんが、ひどいことをするの。

とてもかんたんな短い文。一語一語をつなげて文にして、口にするだけでいい。そしてみんなに聞いてもらう。真実を聞いてもらうのだ。

でも、何が真実なのか、いつもわからなくなる。泳ぐのがこわい。それは真実だ。息つぎのしかたを教えてと、父さんにたのんだ？　たのんだことを忘れただけかもしれない。罰を受けていると思っていたけど、ほんとうはそうじゃなかったのかもしれない。

「ふたりとも、もう帰ったほうがいいんじゃないか？」父さんが言った。

マーガレットの肩にのせられた天使の手から、力が抜けていく。男の子はあとずさりして、テーブルからはなれた。

わたしを置いていかないで！　と叫びたい。でも、そんなことをしたら、もっときつい罰を受けることになる。

「きみたちはいい子だ」父さんが機嫌を取るように言う。「めんどうな思いはさせたくない。だからもう――」

そのとき、となりの部屋のドアがしまる音がした。鍵がかけられ、とじたドアのむこうで母さんが叫んだ。「もういや！　もうたくさん！」そしてとつぜん、音楽が大きくなり、家をゆらすほどの大音量になった。

父さんがドアにかけより、体あたりして、両の拳でガンガンたたいた。でも、ドアはびくともしない。音楽は大音量で鳴りつづける。父さんはどなった。

「やめろ、ヘレン！　なんのつもりだ？　また警察沙汰になりたいのか？　え？」

返事はなく、耳をつんざくような音楽しか聞こえない。父さんがまたこちらを向いたとき、その顔は灰のように青白く、炎は消えていた。母さんが父さんにそむいた、とマーガレットは思った。

父さんはマーガレットの心を読んだかのようにこちらを見ると、吐(は)きすてるように言った。「おれがしてやられて、満足か?」かわいた唇(くちびる)をぶあつい舌でなめる。「うれしいか?」

その問いは、マーガレットの体を電気ショックのようにつらぬいた。父さんの下劣(げれつ)な言葉が、マーガレットの心につきささる。と同時に、答えはイエスだと心の底でわかっていた。まだ実感はわかないけれど——そう、うれしい。うれしく感じるだろう、いつかはきっと。

男の子が言った。「クリス、ぼくたちはどうすればいい?」

天使は答えた。「何もしなくていい。マーガレットといっしょにいよう。もうだいじょうぶだと、思えるまで」

まもなく、警官がやってきた。前にもこの家に来たことのある警官だ。今回は音楽がとんでもなく大きかったので、近所の住人が苦情を言ってくるのも待たずにかけつけた。六ブロックはなれた警察署まで、聞こえてきたのだ。

警官は叫(さけ)びながらスロープをかけあがってきた。

「いったいなんの騒ぎです？　このあいだも注意したはず――」

警官が玄関のドアを大きくあけたとたん、音楽はぴたりとやんだ。あとには、セミの声と、鳩の鳴き声と、どこか遠くで鳴っている霧笛のひびきだけが残った。そして、となりの部屋の鍵がカチリとまわる音がした。

ドアがあいて、母さんがキッチンに入ってきた。涙が頬を滝のように流れている。まるで、心のダムが破れたみたいに。

警官は、そこにいる五人の顔を順に見ながら、「いったいなんの騒ぎです？」と、また言った。

マーガレットが男の子を見ると、その目は、きみをゆるす、と言っていた。天使の両手が、マーガレットの両肩をはげますようにそっとつかんで、はなした。

マーガレットは、警官のほうに小さく一歩ふみだした。そのとき、気のせいかもしれないが、背後にかすかな風を感じ、はばたきの音を聞いた。

目をとじて、思いえがく。翼が、雪のように白い翼が部屋いっぱいにひろがるところを。力強くやわらかいその翼は、マーガレットが必要とするときにはいつでも、そこにある。

今がまさにそうだ。

マーガレットは両目をあけ、口をひらいて、真実を語った。

「父さんが、ひどいことをするんです」

●

そして、天使が来ました。
けだものは殺されました。
人形の呪いは解けました。
母親が——人形の中にとじこめられていたほんとうの、本物の母親が、女の子を抱きしめ、どうかゆるして、と言いました。
いつの日か、
女の子は母親をゆるすでしょう。
そうしたら、
母親は歌を歌うでしょう。
そして、その歌は、
きっと、
幸せな歌でしょう。

女の子は、ようやく安心し、
マーガレットは――
そう、
わたしはマーガレット。
そしてマーガレットは、ようやく安心して暮らせるようになるでしょう。

日本の読者のみなさんへ

『ただ、見つめていた』のアイデアが頭にうかんだのは、二十年以上も前、この本に出てくるのとよく似た砂浜にいたときのことです。わたしは自分の娘を見ていました。当時、四、五歳だった娘は、自分より年長の女の子のグループから少しはなれたところに立って、その子たちをじっと見ていました。きっと、仲間に入りたくてたまらないんだな、と思いました。でも同時に、それは娘の気持ちをわたしが想像したにすぎない、ということもわかっていました。娘が何を感じ、考えているのか、ほんとうのところは、わたしにわかるはずがありません。そこで、「見つめる」ことと「想像する」ことについて考えはじめました。娘は年長の女の子たちを見つめ、その娘をわたしが見つめている。そんなふうに、だれかのようすや行動をただ見つめるだけで、話しかけたりふれあったりしない場合、わたしたちはその人のどんなことを想像するのだろう？　と。

それから二、三カ月のち、ニューヨーク市北部の郊外にある自宅の近くで、小道を散歩していたとき、むこうからひとりの男性が歩いてくるのが見えました。わたしはその人に興味をひかれ、いつのまにか空想していました。その男性がどんな人で、どんな暮らしをしているのか……。そして、その人が近づいてくるにつれ、むこうが足を止めて話しかけてきたりしませんように、と無意識のうちに願っていました。空想することに夢中になって、現実を知りたくない、と思ってしまったのです。現実は、わたしの空想ほどおもしろくないかもしれないから。

砂浜と散歩道でのふたつの経験をきっかけに、人を「見つめる」とはいったいどんなことなのか、あれこれ考えるようになりました。そして、本を書こうとしたのですが、そんな抽象的なテーマだけを手がかりに書いたことは一度もなかったので、まずは登場人物とストーリーが必要だ、と思いました。そもそも、「見つめる」ことについて考えるようになったのは、砂浜にいる女の子（娘）を見たのが始まりだったので、物語も同じようなシーンから始めよう、と決めました。そして、物語を書くときはいつもそうするように、自分に問いました。この砂浜にいる女の子は、なぜ、ただ見つめているだけで、ほかの子たちと話したり遊んだりしないんだろう？　どうしてもある人たちを見つめてしまうのは、なぜだろう？　見たことから、どんな想像をしているんだろう？　――すると、マーガレットの物語が、少しずつはっきりしてきました。あとは、マーガレットが見つめている人たちを、作家として描いていったのです。

しかし、この本を書くのはとても難しいことでした。ただ見つめているだけで、相手に話しかけたりいっしょに何かしたりしない人物たちをめぐって、どんな物語が書けるだろう？　緊張も葛藤も、ひとりひとりの心の中で起こるだけで、声に出して語られることはないのに、どうしたら登場人物たちのあいだの緊張や葛藤を描けるだろう？　どのように筋を組み立てていけばいいんだろう？　けれど、やがてある手法を思いつきました。最初の章はマーガレットの視点から、次の章はクリスの視点から書く、というように、次々と視点を変えて、各章を短編小説のように書いていく、という手法です。すると、ひとりひとりが抱える心の葛藤を深く描きだすことができ、人物にも物語にも血が通いはじめました。最後に、登場人物が一同に会するクライマックスが必要だとわかっていました。

いよいよその場面を書いたときには、それまで執筆中に感じたことがないほど気持ちが高まり、体がふるえるほどの興奮を味わいました。
『ただ、見つめていた』は、わたしの四十年近い作家生活の中でも、特別な作品です。ほかのどんな作品よりも厳しい内容ですが、より深いことを語ることができた、最高の作品だと思っています。

ジェイムズ・ハウ

訳者あとがき

夏の砂浜で、遊んだり働いたりしている人たちを、一日じゅう見つめている女の子。毎日、ひとりで階段に腰かけ、泳ぎもせず、だれとも話さず、ときおりノートに何か書いている……。本書、『ただ、見つめていた（原題“The Watcher”）』に最初に登場するのは、そんな十三歳の女の子、マーガレットです。そして、マーガレットがとりわけひかれているのが、エヴァンとクリスというふたりの男の子。エヴァンは十四歳で、その島に家族で滞在しています。砂浜にいる同じ年ごろの少年たちとはあまりうちとけられず、幼い妹の遊び相手をしながら、両親の仲が最近うまくいっていないことに心を痛めています。一方、クリスは高校を卒業したばかりの十八歳で、砂浜でライフガードをしています。毎晩のように仲間とバカ騒ぎをして、いっけん気楽そうですが、過去の悲劇から立ちなおれない父親との関係や、自分の将来について悩んでいます。エヴァンもクリスも、マーガレットの視線に気づいていて、ひとりぼっちの彼女のことが気になっているものの、積極的にかかわろうとまでは思っていません。

マーガレット、エヴァン、クリス、それぞれの境遇や悩みが順々に描かれ、ストーリーが進みます。原題のWatcherは「見つめる人」という意味で、マーガレットをさしているように思えますが、じつはエヴァンもクリスも、マーガレットを、そしてたがいをwatchしています。watchには、動くものを目で追う、注意深く見る、観察する、見守る、といった意味があります。単に目に映る（see）のではなく、関心を持って、意識的に見る場合に使う言葉です。たまたま同じ時期に同じ場所にいあわせた三人の人物が、たがいの存在を気にしてwatchしあっていたことが、終盤の重要な場面につながっていきます。

この作品には、たとえば流行の音楽、ファッション、ＩＴ機器など、「時代」を感じさせるものが、ほとんど出てきません。作者は、日常のそうした雑多な要素をできるだけ遠ざけた世界で、マーガレット、エヴァン、クリスという三人の人生が重なる瞬間をあざやかに描き、他者とかかわりを持つということについて、いま一度考える機会を、わたしたち読者に提供してくれているように思います。

　ところで、この物語の舞台になっている島ですが、本文に出てくるいくつかの地名から、アメリカ北東部の大西洋上の島、ファイアーアイランドをモデルにしていると思われます。ファイアーアイランドは東西に細長く、五十キロほどありますが、南北は広いところでも四百メートル、狭いところはわずか百六十メートルしかありません。小さな町や村がいくつかありますが、ごく一部の地区をのぞいて自動車の通行が禁じられているため、自然が多く残っていて、シカやキツネの姿もよく見かけられるそうです。この島へは、すぐ北のロングアイランドから、フェリーでわたります。ロングアイランドはマンハッタンの南東にあり、人口も七百万人あまりと多く、西部のブルックリン地区とクイーンズ地区はニューヨーク市の一部です。そんなわけで、ファイアーアイランドは、ニューヨーク市やその郊外に住む人たちにとって、週末や夏休みをすごす、手軽なリゾート地のひとつになっています。

　ここで、作者のジェイムズ・ハウについて、ふれておきましょう。ハウはアメリカのニューヨーク州で生まれ、九歳の頃から、マンガをもとにした戯曲や、短編小説を書いていたそうです。大学で演劇を学んだあと、俳優、モデル、演出家、著作権代理人といった職業をへて、一九七九年に『なぞのうさぎバニキュラ』という子ども向けの読み物で人気を博したあと、作家業に専念するようになりました。児童書や絵本をたくさん発表し、二〇〇一年にはヤングアダルト向けの作品、『Misfits（のけ者たち、未訳）』で注目されました。クラスで仲間はずれにされている四人の七年生が団結して、全校に働きかけ、「悪口を言わない日」を実施するという物語ですが、この本がきっかけとなって、全米の多くの学校で実際に「悪口を言わない週」が設けられ、現在もつづいているということです。ハウは二十年ほど前にゲイ（同性愛者）であることを公表して、現在は男性のパートナーとヴァーモント州に暮らし、執筆をつづけています。

最後になりましたが、徳間書店児童書編集部の小島範子さん、質問に丁寧に答えてくださった原作者のジェイムズ・ハウさん、ファイアーアイランドについて情報を集めてくださったニューヨーク在住の多湖美穂さんに、心から感謝いたします。

二〇一七年六月

野沢佳織

【訳者】
野沢佳織（のざわかおり）
1961年生まれ。上智大学英文学科卒業。翻訳家。
訳書に、『禁じられた約束』『ロジーナのあした』『〈天才フレディ〉と幽霊の旅』『ロス、きみを送る旅』『ウェストール短編集　遠い日の呼び声』（以上徳間書店）、『秘密の花園』（西村書店）、『真夜中の動物園』（主婦の友社）、『灰色の地平線のかなたに』（岩波書店）、『隠れ家』（岩崎書店）、『タイムボックス』（NHK 出版）などがある。

【ただ、見つめていた】
THE WATCHER
ジェイムズ・ハウ作
野沢佳織 訳 Translation © 2017 Kaori Nozawa
192p、19cm、NDC933

ただ、見つめていた
2017 年 7 月 31 日　初版発行

訳者：野沢佳織
装丁：鳥井和昌
フォーマット：前田浩志・横濱順美

発行人：平野健一
発行所：株式会社 徳間書店
〒105-8055　東京都港区芝大門 2-2-1
Tel.（03）5403-4347（児童書編集）（048）451-5960（販売）　振替 00140-0-44392番
印刷：日経印刷株式会社
製本：大口製本印刷株式会社
Published by TOKUMA SHOTEN PUBLISHING CO., LTD., Tokyo, Japan.　Printed in Japan.

徳間書店の子どもの本のホームページ　http://www.tokuma.jp/kodomonohon/

ISBN978-4-19-864446-8

BFC

BFC

弟の戦争
原田 勝訳

人の気持ちを読みとる不思議な力を持ち、弱いものを見ると
助けずにはいられない、そんな心の優しい弟が、突然、「自分は
イラク軍の少年兵だ」と言い出した。湾岸戦争が始まった夏のことだった…。
人と人の心の絆の不思議さが胸に迫る話題作。

かかし カーネギー賞受賞
金原瑞人訳

継父の家で夏を過ごすことになった13歳のサイモンは、死んだパパを
忘れられず、継父や母への憎悪をつのらせるうちに、かつて忌まわしい
事件があった水車小屋に巣食う「邪悪なもの」を目覚めさせてしまい…?
少年の孤独な心理と、心の危機を生き抜く姿を描く、迫力ある物語。

禁じられた約束
野沢佳織訳

初めての恋に夢中になり、いつも太陽が輝いている気がした日々。
「わたしが迷子になったら、必ず見つけてね」と、彼女が頼んだとき、
もちろんぼくは、そうする、と約束した…でもそれは、決して、してはならない
約束だった…。せつなく、恐ろしく、忘れがたい初恋の物語。

青春のオフサイド
小野寺 健訳

ぼくは17歳の高校生、エマはぼくの先生だった。ぼくは勉強やラグビーに忙しく、
ガールフレンドもでき、エマはエマで、ほかの先生と交際しているという噂だった。
それなのに、ぼくたちは恋に落ちた。ほかに何も、目に入らなくなった…。
深く心をゆさぶられる、青春小説の決定版。

クリスマスの幽霊
坂崎麻子・光野多恵子訳

父さんが働く工場には、事故が起きる前に幽霊が現れる、といううわさがあった。
クリスマス・イヴに、父さんに弁当を届けに行ったぼくは、
不思議なものを見たが…? クリスマスに起きた小さな「奇跡」の物語。
作者ウェストールの、少年時代の回想記を併録。

ウェストールコレクション
ウェストール短編集

Robert Westall

短編の名手としても知られた、
イギリス児童文学の巨匠ウェストール。
80編を超える全短編から選び抜かれた、
18の物語が2冊の短編集に!

ウェストール短編集―真夜中の電話

原田 勝訳　宮崎 駿装画

年に一度、真夜中に電話をかけてくる女の正体は…?(「真夜中の電話」)
戦地にいるお父さんのことを心配していたマギーが、
ある日、耳にした音とは…?(「屋根裏の音」)
ほかにも、避暑地での不思議な出会いを描くホラー「浜辺にて」、
ウェストールが早世した息子をしのんで書いた「最後の遠乗り」など、
珠玉の9編を収録した短編集。

ウェストール短編集―遠い日の呼び声

野沢佳織訳　宮崎 駿装画

ひとりきりでいた夜に、パラシュートで降下してきた敵兵を
発見してしまった少年は…?(「空襲の夜に」)
大おばから受けついだ家にとりついている不気味な存在に、
サリーは気づかなかった。だが猫たちが気づき…?(「家に棲むもの」)
ほかにも、父と息子の葛藤を描く「赤い館の時計」、
ほろ苦い初恋の物語「遠い夏、テニスコートで」など、
珠玉の9編を収録した短編集。